中公新書 2404

寺尾隆吉著

ラテンアメリカ文学入門

ボルヘス、ガルシア・マルケスから新世代の旗手まで

中央公論新社刊

まえがき

「ラテンアメリカ文学のブーム」と呼ばれる物語文学の黄金時代がはじまったのは、一九五八年前後のことだった。

カルロス・フエンテス（メキシコ）の衝撃的な処女長編『澄みわたる大地』（一九五八）を端緒に、マリオ・バルガス・ジョサ（ペルー）の『都会と犬ども』（一九六三）やフリオ・コルタサル（アルゼンチン）の『石蹴《け》り遊び』（一九六三）といった革新的形式の小説を経て、ガブリエル・ガルシア・マルケス（コロンビア）の『百年の孤独』（一九六七）が現代ラテンアメリカ小説の頂点をきわめた。それから、はや半世紀が過ぎ去ろうとしている。

二〇一〇年以降、エルネスト・サバト（アルゼンチン）、カルロス・フエンテスと、ブームを支えた大御所作家が相次いで他界したこともあり、各地の新聞・雑誌が追悼特集を企画するなど、近年スペイン語圏では黄金時代を回顧する動きが活発化している。

とくに二〇一四年は、二〇世紀のラテンアメリカを代表する三人の作家、アドルフォ・ビオイ・カサーレス（アルゼンチン）、フリオ・コルタサル、オクタビオ・パス（メキシコ）の生誕一〇〇年にあたっていたが、そこに、ホセ・エミリオ・パチェーコ（メキシコ）、ファン・ヘルマン（アルゼンチン）、そしてガルシア・マルケスの死が重なり、結果的に一時代の終わりを象徴する節目となった。この二〇一四年を通して、巨匠たちの主要作品が次々と再刊され、貴重な未公開原稿が発表されたばかりか、作家たちをめぐる伝記や証言集、さらには、ブームの時代をめぐる回想録も出版された。敬愛する作家たちが亡くなるたびに、いつも陰鬱《いんうつ》な思いに囚《とら》われるのは避けられないが、我々文学研究者にとっては、距離を置いて新たな目で往年のラテンアメリカ小説を考察すべき時が来ているようだ。

その一方で、日本でも話題になったチリ出身の亡命作家ロベルト・ボラーニョの登場とともに、世紀が変わる頃からラテンアメリカ文学の世代交代は着実に進んだ。ボラーニョと親交の深かったファン・ビジョーロ（メキシコ）、オラシオ・カステジャーノス・モヤ（エルサルバドル）、エドムンド・パス・ソルダン（ボリビア）、ファン・ガブリエル・バスケス（コロンビア）らを中心に、多様な傾向の作家たちがスペイン語圏各地の書店を賑《にぎ》わせている。往年のラテンアメリカ小説をなつかしむ声もしばしば聞かれるものの、新世代のなかには、ブームの世代と張り合うように、スケールの大きな作品に取り組む作家が何人もいる。

こうした状況を踏まえて本書では、ラテンアメリカ文学がもっとも豊かな成果をもたらしたブームの時代、具体的には一九五八年から八一年にいたる二十数年間を中心に、その前後数十年まで展望を広げて、約一〇〇年にわたる現代ラテンアメリカ小説（ほぼスペイン語圏だが、ポルトガル語圏に属するブラジルの小説も含む）の動向を探ってみようと思う。ガルシア・マルケスを筆頭とする巨匠たちの主要作品をめぐる考察はもちろん、堅苦しい文学研究書では取り上げられることの少ない秘話や愉快なエピソード、出版業界の裏話なども適宜盛り込み、作家同士の人間関係や、時代ごとに変わる文壇の状況など、背景的知識を踏まえながら、世界文学の地勢図を塗り替えたラテンアメリカ小説の本質に迫っていきたい。

とはいえ、本書の最終目的はやはり一つの文学史的見解を打ち出すことにあり、歴史的展望を明確にする必要から、時には専門的な記述も現れることはあらかじめお断りしておく。本書が、世界文学愛好家やこれから読書をはじめようとする人々のガイドとなるばかりでなく、本格的にラテンアメリカ文学研究の道を志す者たちの道標となることを願ってやまない。

目次

ラテンアメリカ文学入門

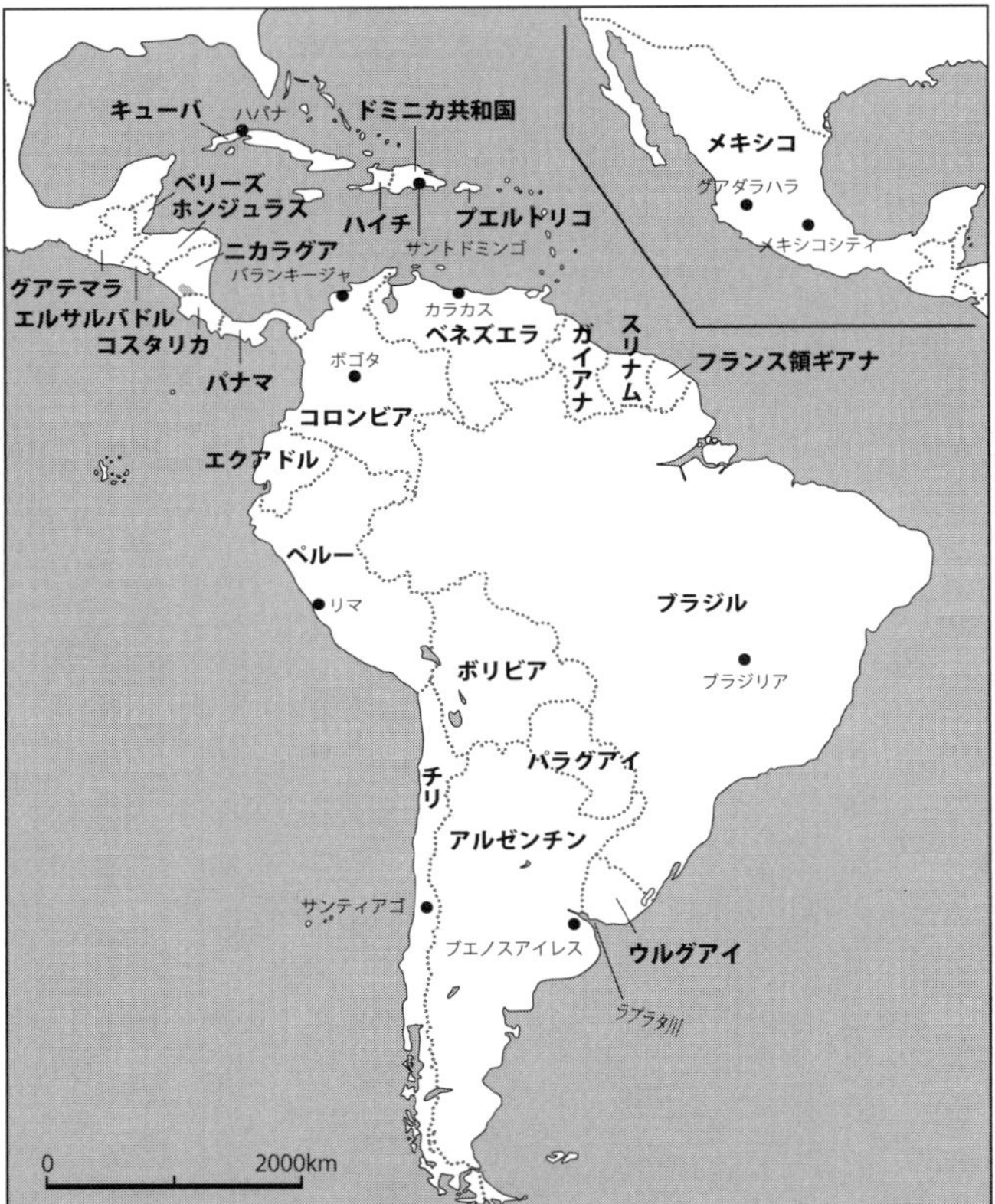
キューバ
ハバナ
ドミニカ共和国
メキシコ
グアダラハラ
メキシコシティ
ベリーズ
ホンジュラス
ハイチ
プエルトリコ
ニカラグア
サントドミンゴ
バランキージャ
グアテマラ
エルサルバドル
コスタリカ
パナマ
カラカス
ベネズエラ
ガイアナ
スリナム
フランス領ギアナ
ボゴタ
コロンビア
エクアドル
ペルー
リマ
ブラジル
ブラジリア
ボリビア
パラグアイ
チリ
アルゼンチン
サンティアゴ
ブエノスアイレス
ウルグアイ
ラプラタ川
0
2000km

ラテンアメリカ地図

第1章　リアリズム小説の隆盛
――地方主義小説、メキシコ革命小説、告発の文学

独裁体制の打破を目指したメキシコ革命は、文学にも影響をもたらすことになった

「アルカディア」の文学支配と一九世紀のロマンス

二〇世紀初頭まで、ラテンアメリカにおける小説家の社会的地位はきわめて低い。第三世界の例にたがわず、二〇世紀半ばまで識字率が低かったラテンアメリカ各国では、読書は一部の特権階級にのみ許された贅沢《ぜいたく》であり、そもそも書籍の出版点数も少なかった。そのなかで読まれる文学作品といえば、教養人のたしなみと認められていたフランス、イギリスの同時代文学やスペイン古典文学が大半を占めていた。

また、一九世紀前半の独立以来、内戦とクーデターを繰り返す政情不安のもとで困難な建国作業に携わる軍人やエリート知識人には、読書に割ける時間も限られており、「小説」を暇人の娯楽として蔑《さげす》む者も少なくなかった。それどころか、新大陸の征服から独立まで、三〇〇年近くにわたって続いた植民地時代には、宗主国スペインによって、「小説」が危険思想の源泉として出版を禁じられていた事情もあり、創作それ自体を不信の目で眺める態度がむしろ自然だったとすら言えるだろう。

ロペ・デ・ベーガやケベードを輩出したスペイン黄金世紀の伝統に遡《さかのぼ》る詩作は、政治家の言語的修練の場として活用され、多くの国で大統領経験者まで詩集を発表することがあった。これに対し、ヨーロッパ産の小説が流通しているのにわざわざ自分で小説を書く者には、往々にして変わり者のレッテルが貼《は》られる。

事実、『アマリア』(一八五五)のホセ・マルモル(アルゼンチン、一八一七〜七一)、『マリア』(一八六七)のホルヘ・イサークス(コロンビア、一八三七～九五)、『セシリア・バルデス』(一八七九)のシリロ・ビジャベルデ(キューバ、一八一二～九四)など、一九世紀のラテンアメリカで文学史に名を残す小説作品を書いた作家は、社会から爪弾《つまはじ》きにされて亡命や投獄、迫害の憂き目を見た知識人だった。いずれの小説も、支配者層に対する作者の反発と怨念《おんねん》を明白に打ち出しており、後にマリオ・バルガス・ジョサ(ペルー、一九三六～)が小説を「反抗的ジャンル」と位置づけたように、ラテンアメリカに反体制文学の伝統を植えつける出発点ともなった。

他方、ここに挙げた三作のいずれもが、女性の名前をタイトルに掲げているのは偶然ではない。一九世紀を通じて、識字層にとっての「小説」とは、女性の登場人物を中心に据えた悲劇的な愛憎のドラマ、いわゆるロマンスにほかならなかった。

このジャンルで当初ラテンアメリカに流布していたのは、シャトーブリアンの『アタラ』(一八〇一)を筆頭とするヨーロッパのロマン主義小説だったが、後には、『アウラ、あるいはスミレの花束』(一八八七)や『エマ』(一八八七)といった作品で知られるホセ・マリア・バルガス・ビラ(コロンビア、一八六〇～一九三三)など、型通りのメロドラマを大量生産することで、エリート層の夫人を中心に読者を獲得する作家も現れている。

マルモルやイサークス、ビジャベルデも、こうしたロマンスの形式を踏襲し、一方で恋愛を中心に物語を進めながら、そこに自らの政治的理念や社会的主張を露骨に盛り込んでいる。

すでに『セシリア・バルデス』には奴隷制をめぐる鋭い考察が見られるが、一九世紀後半から二〇世紀初頭にかけて、黒人やインディオの搾取が社会問題としてエリート層の間で強く意識されはじめると、支配体制への反抗から、あるいは慈善や博愛の精神から、同じようなロマンスの形を用いて深刻な社会状況を告発する作家も現れた。

しばしばインディヘニスモ（インディオ文化の復権運動）小説の先駆と位置づけられるクロリンダ・マット・デ・トゥルネル（ペルー、一八五二〜一九〇九）の『巣なき鳥』（一八八九）やアルシデス・アルゲダス（ボリビア、一八七九〜一九四六）の『ワタ・ワラ』（一九〇四）はその代表例だ。いずれにおいても、農園主や聖職者の横暴によって恋の成就や健全な成長を妨げられる少年少女の悲劇が生々しく描き出されている。

二〇世紀初頭までのラテンアメリカでは、このような反体制的文学を含めても貧弱だった文学活動が、ウルグアイ出身の文芸批評家アンヘル・ラマ（一九二六〜八三）に「識字都市」、コロンビアの作家ラファエル・ウンベルト・モレノ・ドゥラン（一九四五〜二〇〇五）に「アルカディア（理想郷）」と呼ばれた首都在住の特権的文化階層に握られていた。政治的権力とも密接な関係を維持し、サロンやジャーナリズムを通じて文学出版を独占するアルカディアは、とくにルベン・ダリオ（ニカラグア、一八六七〜一九一六）やホセ・マルティ（キューバ、一八五三〜九五）ら、モデルニスモ（一九世紀末に起こった韻文刷新の潮流）の代表的詩人が持て囃《はや》されて以降、国家に文化的色彩を添える詩作を称揚、庇護《ひご》するようになった。だが、その陰で小説は、貴婦人の暇つぶしやジャーナリズムの穴埋めという周縁的位置へますます追いやられていった。

長年にわたる検閲に創作活動の芽を摘まれ、アルカディアの文字文化支配下で散発的にしか出版されなかった一九世紀のラテンアメリカ小説には、歴史的・社会学的見地から興味深い資料とされる作品こそあれ、文学として高い評価を受ける作品が皆無なのは驚くにあたるまい。すでに名前を挙げた作家はいずれも、バルザックやフロベールによって同じ時期に確立されつつあったリアリズム小説の作法を十分に吸収できぬまま、時間をかけて構成を練り上げることもなく、行き当たりばったりの執筆を進めていた。そのため、作品には技術的不備が目立つ。ストーリー展開は散漫で、時に矛盾を露呈し、話の本筋とは何の関係もない政治論や社会論が延々続くかと思えば、自然描写にやたらと力が入って陳腐な詩的修辞が並ぶこともある。語りや時間進行が不安定で読者に混乱を引き起こすこともあり、突飛な偶然に頼って無理やりストーリーを進めた挙げ句、わざとらしい悲劇を持ち出して安易なかたちで幕を閉じる。

一九世紀のラテンアメリカ小説で例外として挙げられるのは、ブラジル文学史に残る文豪ジョアキン・マシャード・デ・アシス（一八三九〜一九〇八）くらいだろう。フランス文学のみならず英米文学も貪欲《どんよく》に吸収したマシャードは、ロマンスを逆手に取ったような諧謔《かいぎゃく》的物語に、不倫や背信、嫉妬《しっと》、妬《ねた》み、へつらいといった人間の悪徳をちりばめてリオデジャネイロの上流階級を風刺し、リアリズムの枠に収まらない優れた小説作品を数多く残した。「冷たくなった我が屍肉《しにく》に最初に食らいついた虫へ旧懐の念を込めてこの死後の回想録を捧《ささ》ぐ」という、当時としては突拍子もない体裁で書かれた『ブラス・クーバスの死後の回想』（一八八一）を筆頭に、『キンカス・ボルバ』（一八九一）、『ドン・カズムーロ』（一八九九）といった彼の代表作は、人間へのペシミズムを投影したそのユーモラスな物語自体もさることながら、手法的実験を凝らした斬新《ざんしん》な語りの形式も見事であり、同時代の世界文学と比肩しても見劣りのしない傑作と言えるだろう。

アヴァンギャルドの成果——アルカディアへの反発

排他的・閉鎖的サロンとしてのアルカディアの扉を少しずつこじ開けていくのは、同時期に並行して進むまったく異なる二つの文学潮流、アヴァンギャルド（前衛芸術）と地方主義小説だった。イタリアの詩人マリネッティによる「未来派宣言」の発表や「ダダ」の喧騒《けんそう》を受けて、ラテンアメリカでも一九一〇年代半ばから各国でアヴァンギャルドの動きが起こり、その先駆けとなったブラジルの「モデルニスモ」（これは先に触れたダリオを中心とする詩の刷新潮流とは別物）は、とくに一九二〇年代以降、社会改革とも連動する広範な文化運動となった。

詩作では、チリの詩人ビセンテ・ウイドブロ（一八九三〜一九四八）が、詩文の配置による視覚的効果に重きを置いて「純粋創作」の理念を掲げ、一九一六年頃に以前から温めてきた詩作論を「クレアシオニスモ」として提唱した後、一九二一年にはマドリードで雑誌『クレアシオン』を創刊した。

また、主にメタファーの刷新を掲げてスペインからアルゼンチンに「ウルトライスモ」を持ち込んだホルヘ・ルイス・ボルヘス（アルゼンチン、一八九九～一九八六）は、ラモン・ゴメス・デ・ラ・セルナ（スペイン、一八八八～一九六三）やマセドニオ・フェルナンデス（アルゼンチン、一八七四～一九五二）らと連携しつつ、『マルティン・フィエロ』（一九二四～二七）などの文芸雑誌に詩を寄稿し、この運動を独自の形に発展させた。

メキシコでは、マヌエル・マプレス・アルセ（一九〇〇～八一）やアルケレス・ベラ（一八九九～一九七七）が「アクトゥアル第一号」（一九二一）なる宣言とともに「エストリデンティスモ」を創始し、同じように詩文の刷新を目指したほか、地方都市ハラパから文化・出版活動を盛り上げて、名門ベラクルス大学の設立にも協力した。この動きを踏まえて創刊された前衛的文芸雑誌『コンテンポラネオス』（一九二八～三一）は、サルバドール・ノボ（一九〇四～七四）やハビエル・ビジャウルティア（一九〇三～五〇）といった詩人を中心に、文学のみならず最先端の欧米文化を吸収する窓口として、現代メキシコ文化の発展に大きく貢献した。

こうした一連の動きは、直接的にはヨーロッパのアヴァンギャルドに呼応する文化の刷新運動であったとはいえ、硬直したアルカディアへの反発とその庇護を受けたモデルニスモへの批判を秘めていた。「白鳥（モデルニスモの象徴）の首を捻《ね》じ曲げよ」という詩文に同調したボルヘスを筆頭に、ダリオを槍玉《やりだま》に上げるケースは多く、また、アルゼンチンで神聖化されていた詩人レオポルド・ルゴーネス（一八七四〜一九三八）にも批判の矛先は向けられた。そうした批判の当否はともかく、重要なのは、アルカディアの支配によって停滞していた文壇が、アヴァンギャルドの台頭によって激震に晒《さら》されたことだ。

ラテンアメリカの前衛芸術運動は主に詩作を中心に展開したが、その影響は物語文学にも及び、アルケレス・ベラの『無人カフェ』（一九二六）、マルティン・アダン（ペルー、一九〇八〜八五）の『ボール紙の家』（一九二八）、『コンテンポラネオス』誌に名を連ねたヒルベルト・オーウェン（メキシコ、一九〇四〜五二）の『雲のような小説』（一九二八）、『マルティン・フィエロ』の協力者オリベリオ・ヒロンド（アルゼンチン、一八九一〜一九六七）の『案山子《かかし》』（一九三二）などの中短編小説が現在でも読み継がれている。イメージの羅列、シュルレアリスムにならったアナロジー的記述、ユーモアや諧謔の多用、断片的構成といった特徴に貫かれたこれらの作品は、多くの読者を獲得したわけではなかったが、ロマンスの氾濫《はんらん》によって一部に「女性化」との誹《そし》りを受けていた当時の物語文学に新風を吹き込んだ。

アヴァンギャルド文学に分類される小説のうち、群を抜いて完成度が高いのは、またもやブラジル文学の例になるが、マリオ・ヂ・アンドラーヂ（一八九三〜一九四五）の『マクナイーマ』（一九二八）だろう。口語表現をふんだんに取り込んだ言語的刷新、時空間の論理的整合性を無視した展開、冒瀆《ぼうとく》と紙一重のユーモアといったアヴァンギャルド文学の特徴的要素を前面に押し出したこの物語は、同時にブラジルの文化的起源の探究という性格も強く備えていた。アマゾンのインディオ部族に生まれた「つかみどころのない英雄」マクナイーマが、妻の形見にもらったお守りの石を追ってサン・パウロからセルバ地帯へ破天荒な冒険を続けるというストーリーの枠組みに、インディオ世界の神話や伝説、ブラジル各地の民間伝承がふんだんに盛り込まれ、単なる知的遊戯やイメージの連続にとどまらない文学空間が作られている。

ウイドブロやセサル・バジェホ（ペルー、一八九二～一九三八）など、詩人として成功した作家が小説を手掛けて無残な失敗に終わるケースも多いなか、前衛詩人としても活躍したチ・アンドラーヂは、アヴァンギャルドと地域的探究を組み合わせて、ラテンアメリカ文学史に残る稀有《けう》な小説を書き上げた。一九三〇年代以降、アヴァンギャルドは地方主義小説に追われるようにして衰退していくが、チ・アンドラーヂのような作家の存在は、しばしば対立するものとして位置づけられる両者が有機的に結びついて豊かな実りをもたらす可能性を示していた。

地方主義小説の登場――『渦』の成功

アヴァンギャルドの勃興《ぼっこう》がヨーロッパの文化動向に呼応していたのに対し、地方主義小説は、二〇世紀初頭からラテンアメリカ各地で起こる国家統合のイデオロギーと連動していた。独立から一〇〇年を経て、国家全体を巻き込む内戦や社会動乱にはようやく沈静化の兆しが見えはじめていた一方で、南へ進出を開始したアメリカ合衆国帝国主義の脅威を看過できなくなっていた各国は、一九二〇年頃から、ようやく本格的な国土の開発と殖産興業に乗り出した。その際に直面した最初の課題は国境線の画定と資源の調査であり、そのために政府から技術者や医師が砂漠地帯やセルバ（熱帯雨林）、ジャノ（平原地帯）などの過酷な自然環境に派遣されるにつれて、かつてドミンゴ・ファウスティーノ・サルミエント（アルゼンチン、一八一一～八八）が『ファクンド』（一八四五）で提起した「文明か野蛮か」のテーゼがにわかに現実味を帯びてくる。

その意味で、地方主義小説の先陣を切るホセ・エウスタシオ・リベラ（コロンビア、一八八八～一九二八）が、石油資源調査と国境線画定という使命を負って、二度にわたり政府使節団の一員としてジャノとセルバを探険し、その体験をもとに『渦』（一九二四）を執筆した事実は、この時代を象徴していた。法学や教育学を修めた首都ボゴタの知識人であり、詩作も手掛けていたリベラは、首都で安穏と暮らす恋人たちの駆け落ちを中心にこの小説を書き上げたが、ロマンスの定番とすら言えるこのストーリーの枠組みは、ジャノとセルバの厳しい現実を描き出すための口実でしかなかった。

奴隷同然の状態で酷使されたゴム農園労働者の惨状を大臣に宛《あ》てて告発する手紙という体裁からも明らかなとおり、リベラの意図は、それまで首都ではよく知られていなかった未開世界の実態を記録するのみにとどまらず、そうした辺境地帯にはびこる社会不正の告発を行っている点で、強い政治性を孕《はら》んでいる。生々しい描写と鋭い問題提起を打ち出した『渦』は、国家統合に携わる知識人層を惹《ひ》きつけ、五年ほどの間に五版を重ねるなど、当時の小説としては比類のない成功を収めた。

詩人としても名を知られていたリベラの文才が自然描写に活かされたことは疑うべくもないが、リアリズムを貫く彼の散文は、アルカディアに安住してセルバやジャノを安易なロマン主義で美化していた詩人たちへの厳しい批判でもあった。「この風景のどこが隠遁《いんとん》の詩だ？」、「馴《な》れ合いの孤独しか知らぬ詩人の戯言《ざれごと》だ」などと言葉を挟みながら、「正体不明の声と怪しい光と不吉な静けさに覆われた」死と隣り合わせの世界を描き出す語り手は、それまで文壇を牛耳ってきたアルカディアの欺瞞《ぎまん》を暴き出している。

あくまでコップのなかの嵐にとどまったアヴァンギャルドと較《くら》べ、国家主導の事業に携わる専門職従事者や知識人に新たな読者を開拓した『渦』は、アルカディアの文字文化独占に終止符を打ち、地方主義小説の隆盛に道を開いた。この成功以後、コロンビアでは、未開地の探険と政治的告発を組み合わせた小説作品が次々と発表され、セサル・ウリベ・ピエドライタ（一八九七〜一九五一）やホセ・アントニオ・オソリオ・リサラソ（一九〇〇〜六四）といった作家が登場する。

また、隣国エクアドルでも、リベラの打ち出した指針に従って「現実を、現実だけを」の標語を掲げた「グアヤキル・グループ」が台頭し、ホセ・デ・ラ・クアドラ（一九〇三〜四一）の『サングリマ一族』（一九三四）など、興味深い作品も書かれている。

一九二〇年代後半以降、国家統合事業とそれにともなう新たな読者層の形成を背景に、それまで周縁的な位置に追いやられ続けてきた小説の社会的重要性は確実に高まっていった。

「ナレイション」としての「ネイション」——ガジェゴス・モデルの確立

大きな成功とともに「地方主義小説」というサブジャンルを確立したとはいえ、『渦』は、国家統合時代に呼応する新たな小説形式、そのモデルを提起したわけではない。アルトゥーロとアリシア、二人の若者の駆け落ちに沿ってストーリーを展開するこの小説は、すでに『アマリア』や『マリア』にも見られたロマンスの形式を踏襲しているが、二人の恋愛ドラマは、広範な自然描写や作者の政治的信条を盛り込む枠組みを提供しているだけで、作品内ではあくまで副次的な機能しか果たしていない。すなわち、作品で表明される世界観とそのストーリーの間に有機的な結びつきは見られない。その意味では、中央政府による未開地域の統合、文明による野蛮の克服という国家的プロジェクトの遂行にあたり、両者を結びつけて新たな小説のあり方を示したのは、ベネズエラの国民的作家ロムロ・ガジェゴス（一八八四〜一九六九）だった。

同時代の地方主義作家の例にたがわず、ガジェゴスも実証主義の影響下で首都の大学教育を受け、西欧を規範として文明化を目指す国家事業に携わった進歩的知識人だった。とくに彼が重視したのは教育であり、ジャーナリズムと並行して一九二〇年代から本格的に取り組んだ小説創作も、国民に向けた教化活動の一環だったと言えよう。

一九二五年発表の『トレパドーラ』でミランダ州のコーヒー農園を描いて以降、ガジェゴスの小説は、ジャノ、セルバ、海岸部など、次々とベネズエラの未開地域に舞台を移し、現地の状況や諸問題を首都の知識人層に伝達する役割を果たした。そのなかでも、「文明か野蛮か」に対する彼のヴィジョンをもっとも鮮明に映し出し、「文明化小説」の雛形《ひながた》を打ち立てたのが、現在までラテンアメリカで読み継がれる名作『ドニャ・バルバラ』（一九二九）だった。

一九二七年四月に初めてアプレ州のジャノを訪れたガジェゴスは、この「広大、獰猛《どうもう》、憂鬱《ゆううつ》」の地に秘められた未来への可能性を感じ取るとともに、現地で聞いた「男を貪《むさぼ》る女」のおぞましい逸話に、「ベネズエラ政治史の領域で今まさに起こりつつあることの象徴」を見出し、文明による野蛮の克服を中心テーマに据えて新たな創作に着手する。

スペインの古典的作家ベニート・ペレス・ガルドス（一八四三〜一九二〇）の代表作『ド

ニャ・ペルフェクタ』(一八七六)が念頭にあったからであろうが、ガジェゴスは、ベネズエラの周縁部を支配する野蛮の化身とも言うべきこの女性を「ドニャ・バルバラ＝野蛮夫人」として登場人物にすることを思いついた。辺り一帯を牛耳る暴君ドニャ・バルバラの周りに、その抑圧に苦しむ人々の代表として彼女の娘マリセラと、首都の大学教育を終えた後にジャノへ乗り込む進歩主義者サントス・ルサルドを配し、小説の構図はできあがった。バルバラ＝野蛮、サントス＝文明、マリセラ＝未開の自然、という単純な象徴構図のもと、三者の間に愛憎のドラマを展開させることでガジェゴスは、そこにベネズエラの未来へ向けた国家統合のヴィジョンを打ち出した。ここで、ロマンスの恋愛ドラマは小説の単なる付属品ではなくなり、政治的イデオロギーを伝達するアレゴリー(寓話《ぐうわ》)となる。

第一部第八章に描かれた暴れ馬の調教シーンを筆頭に、随所に物語の行方を暗示する逸話をちりばめたこの小説の結末をここで明かしても、読書の楽しみを奪うことにはなるまい。当然ながら、最終的にサントスはバルバラを放逐し、辛抱強いしつけと教育によって、「ぼろぼろの服に身を包んだ野生児」だったマリセラを「文明化とともに繁栄するジャノの美しい未来像」に変える。両者の結婚によって、「未来に向かう一本のまっすぐな道」が引かれたところで、『ドニャ・バルバラ』は幕を閉じる。

二人の結合は、洗練された都市文明と潜在的な豊かさを秘めた未開地帯の融合から生まれるベネズエラの未来を象徴する。現代の読者にはあまりに短絡的な物語に見えるかもしれないが、文学的素養に乏しい当時の新興知識人層を惹きつけたのは、このわかりやすい楽観的ヴィジョンだった。政治的にはガジェゴスと立場を異にしていた当時の独裁者ファン・ビセンテ・ゴメスですらこの小説を称賛し、文人のお手本と評価した事実は、『ドニャ・バルバラ』がいかに広く当時の読者に受け入れられたかを物語っている。一九三七年には文部大臣を務めるなど、ガジェゴスが後に教育関係の要職を歴任したこともあって、とくに一九四〇年代以降、『ドニャ・バルバラ』は政府系の出版局から、国民全員が読むべき推薦図書、さらには教科書として繰り返し再刊されることになり、ベネズエラ文化に深く浸透していった。

カルロス・フエンテス（メキシコ、一九二八～二〇一二）は、名高いラテンアメリカ小説論『勇敢な新世界』（一九九〇）において、物語る行為＝「ナレイション」が国家統合において果たす役割に着目し、「ナレイションとしてのネイション」という理念を提起している。恋愛物語を通じて未開のジャノを文明国家に取り込む道筋を示したガジェゴスは、まさしくこの理念の実践者だった。彼にとって、「ナレイション」の執筆と「ネイション」の建設は表裏一体なのだ。そして『ドニャ・バルバラ』は、政治信条をわかりやすく表現するアレゴリーという役割を示すことで、ラテンアメリカの小説文学に新たな社会的意義を付与した。以後、ベネズエラのみならずラテンアメリカ全体で、国益にかなう芸術ジャンルとして小説の有用性に注目が集まり、小説が急速に政治に組み込まれていく。

政治と小説の結びつき――メキシコ革命小説のケース

一九三〇年代に入り、中央政府と小説の結合を示す興味深い事例として立ち現れてくるのがメキシコ革命小説である。一九一〇年、ポルフィリオ・ディアス独裁体制に反対する武装闘争として勃発したメキシコ革命は、激しい戦闘や暗殺、陰謀の繰り返しを経て、一九一七年にようやく憲法制定にいたり、一九二〇年頃から少しずつ安定期に入った。革命の制度化に乗り出したアルバロ・オブレゴン政権（一九二〇～二四）は、文化芸術の活性化による革命の正当化を目論《もくろ》んで文筆家ホセ・バスコンセーロス（一八八二～一九五九）を文部大臣に起用し、広範な文化ナショナリズム政策を展開した。

ディエゴ・リベラ、ダビド・アルファロ・シケイロス、ホセ・クレメンテ・オロスコの「壁画運動三人衆」を迎えて活発な創作が展開された絵画に較べ、当初文学は低調だった。しかし、こうした潮流のなかで、すでに一九一五年に発表されていた革命小説、マリアノ・アスエラ（一八七三～一九五二）の『虐げられし人々』が「発見」されたことで状況は一転した。

アスエラはグアダラハラで医学を習得した医者だったが、フランス文学、とりわけゾラの小説に精通し、一九〇七年に『マリア・ルイサ』、一九一一年には革命勃発に触発された『マデロ主義者アンドレス・ペレス』と、相次いで興味深い中編小説を発表するなど、首都のアルカディアとは無縁に、地味ながら堅実な執筆活動を続けていた。

大きな転機となったのは、革命派の将軍パンチョ・ビジャを支持するフリアン・メディーナ将軍との出会いであり、彼の部隊に軍医として迎えられたことで、アスエラは一九一四年一〇月から革命軍に従軍することになった。革命の未来にあどけないほどの期待を抱いて遠征に臨んだものの、兵士たちと従軍生活をともにするにつれて、彼の理想は打ち砕かれる。革命軍の現実とは、「偽りの友情、妬み、へつらい、告げ口、陰謀、陰口、そして裏切り」の横行であり、「誰もが目先の甘い汁を吸うことしか頭にない」世界だった。

従軍中からメモを取り、ビジャ軍の敗北とともにアメリカ合衆国テキサス州のエル・パソへ逃れて以後も、革命軍への陰鬱な思いを綴《つづ》り続けたアスエラは、まずこれを現地のスペイン語新聞『エル・パソ・デル・ノルテ』に連載し、一九一六年に原稿をまとめて単行本として発表した。本人自ら「ひとりでにできあがった」と後に回想しているとおり、『虐げられし人々』は、戦時下という特殊な状況下で作者の文学的直感によって生み出された偶発的産物だったと言っていいだろう。

基本的枠組みとなるストーリーは、端的に要約すれば、メディーナ将軍をモデルにした主人公デメトリオ・マシアス率いる革命軍一部隊の盛衰である。貧弱な武装の農民兵数名を率いて蜂起《ほうき》したデメトリオの部隊は、勝利を重ねてビジャの北軍に迎えられ、大農園主ドン・モニコの邸宅を破壊したところで絶頂を迎えるが、ビジャ軍がカランサ軍に敗れたところから転落の一途をたどる。敗走を重ねて到達したのは、反乱軍として初勝利を収めた同じ場所、フチピラ渓谷であり、ここでデメトリオの部隊は敵軍との最後の戦闘に臨む。出撃を前に妻と息子に再会したデメトリオは、「今さら何のために戦うの？」と詰め寄る妻の前で、谷底へ小石を放り投げてつぶやく。「あの石を見な、もう止まりはしない」。アスエラは、紆余《うよ》曲折《きょくせつ》を経て何の成果もなく出発点に戻る革命軍に、谷底へ転がり落ちる石のイメージを重ね合わせ、この円環構造を通じて革命の未来に悲観的ヴィジョンを投げかけた。

即興で書き上げられたせいもあり、プロット構成上の問題点はいくつか指摘されているものの、全体として『虐げられし人々』にはアスエラの手腕が十分に発揮されている。粗野で乱暴な兵士たちをめぐるさまざまな逸話が小説全体のヴィジョンを補強しているほか、物語内に取り込まれた恋愛ドラマも有効に機能している。

登場人物のなかで唯一対応するモデルのない「純粋な創造」として小説に組み込まれた素朴な田舎娘カミラは、まず私利私欲に凝《こ》り固まった日和見《ひよりみ》主義者ルイス・セルバンテスに騙《だま》されて革命軍にさらわれ、やがてデメトリオを本気で慕って愛人として従軍しはじめるものの、最後は淫乱《いんらん》で強欲な売春婦ラ・ピンターダの嫉妬を買って刺殺される。明らかに彼女の命運は、日和見主義者と乱暴者に翻弄《ほんろう》されて理想を失ったメキシコ革命の現状と重なっていた。ガジェゴスと同じく、アスエラもまた、ロマンスを単なる飾り物にするのではなく、自らのヴィジョンを際立たせるためのアレゴリー的機能をそこに託したのだった。

『虐げられし人々』は、発表から約一〇年間まったく注目されなかったが、文化ナショナリズムの高まりとともに次第に脚光を浴び、有力出版社エル・ウニベルサル社により一九二五年に全国規模で再刊されると、またたく間にメキシコ革命小説の傑作として不動の地位を獲得した。

さらに、アスエラに続いて革命小説を盛り上げ、メキシコ文学の趨勢《すうせい》を決定づけたのがマルティン・ルイス・グスマン（一八八七～一九七六）であり、パンチョ・ビジャをめぐる回想録『鷲《わし》と蛇《へび》』（一九二八）に続く長編小説『領袖《りょうしゅう》の影』（一九二九）は、その後長い間作家たちの規範となった。

執筆の出発点となったのは、作者自身が巻き込まれた一九二七年の政争であり、登場人物も、「ボス」がアルバロ・オブレゴン、イラリオ・ヒメネスがプルタルコ・エリアス・カジェスといった具合に、実在する政治家との対応が確認されている。自らも革命政府と深くかかわっていたグスマンは、史実を想像力で脚色して権力闘争のドラマを構想し、政策の実現や国民への奉仕よりライバルを「出し抜く」ことを優先する軍人政治家の堕落した実態を赤裸々に暴き出した。さもしい取引や裏切り、誘拐や暗殺が繰り返されるなかで、革命の理想は有名無実となり、純粋な人々の命だけが失われていく。粗野な下級農民兵の実態を描き出したアスエラと、国政に直接携わる上層部の軍人政治家に鋭いメスを入れたグスマン、対極にある二つの世界を対象に小説を書いた二人は、最終的にまったく同じ悲観的ヴィジョンに到達していた。

革命政府に対して同様の失望を抱いていた都市の中間層に多くの読者を獲得した『領袖の影』は、批評でも売り上げ面でも大きな成功を収め、これが革命小説の隆盛に拍車をかけた。教育政策の成果とともにラテンアメリカの都市部に形成されはじめていた中間層を母体とする潜在的読者層は、メキシコでもすでにアルカディアの文学独占を打破しつつあったが、彼らが難解なアヴァンギャルド文学より平易で読みやすい革命小説に飛びつくのは当然の流れだった。アヴァンギャルドを結集した雑誌『コンテンポラネオス』が廃刊に追い込まれた一九三一年には、ラファエル・フェリペ・ムニョス（一八九九～一九七二）の『パンチョ・ビジャとともに戦おう』やグレゴリオ・ロペス・イ・フエンテス（一八九五～一九六六）の『野営』といった、アスエラ＝グスマンの系譜を汲《く》む作品が発表されて話題をさらい、その後も、一九四〇年代半ばまで夥《おびただ》しい数の革命小説が出版されている。

革命の熱狂を背景に、メキシコでは革命期の実話をそのまま物語にすれば小説として受け入れられる土壌ができあがっており、アレゴリーを基盤にしたガジェゴス流の地方主義小説と較べて、革命小説の創作はきわめて容易だった。ラテンアメリカに類を見ない規模で小説生産が進んだ直接の原因はここに求められよう。

その一方で、地方主義小説と同じく、革命小説が、辺境地域の開示というかたちで国家統合に寄与していた点は、ここで指摘しておいてもいいだろう。カルロス・フエンテスがラテンアメリカ文化論『埋められた鏡』（一九九二）で指摘したとおり、メキシコ革命は国土の発見でもあり、革命軍が遠征を重ねるにつれて、多くのメキシコ人がそれまで足を踏み入れたこともなかった地域の実態をその目で確認し、各地で多様な「同国人」と接触する機会を持った。こうした体験は文学にも反映されており、革命小説にも、ロペス・イ・フエンテスの『インディオ』（一九三五）やマウリシオ・マグダレーノ（一九〇六～八六）の『輝き』（一九三七）のように、独自の伝統文化を維持する農村部の紹介を前面に打ち出した作品も多い。

いずれにせよ、メキシコ革命の歴史を生々しく伝え、間接的に国内各地の現状について報告する革命文学の隆盛は、国土の統合と国民の一体化を目指す革命政府には好都合だった。一九二〇年代後半から政府は、教科書出版も手掛けるポルアのような出版社を後押しし、進歩主義的政策を掲げるラサロ・カルデナス大統領時代（一九三四～四〇）の一九三五年に国民文学賞を制定するなど、積極的に創作活動を刺激することで革命小説の普及を支えた。

メキシコの文化政策で特筆すべきは、共産主義者も含め、政府に批判的な作家・芸術家もその庇護の対象から外さなかった点だろう。リベラやシケイロスのように過激な思想を持つ画家ですら、時に冷遇されることはあれ、度々政府から仕事を依頼されている。大統領職在任中に『領袖の影』による痛烈な揶揄《やゆ》を浴びたカジェス大統領は、その内容に激怒しながらも、発禁や検閲といった処分に訴えはしなかった。一九四〇年代以降、メキシコ文化が独自の発展を遂げ、ラテンアメリカ屈指の文化大国へとのし上がることができたのは、（芸術文化に関するかぎり）批判勢力に寛容なメキシコ政府の方針に負うところが大きい。

リアリズムの限界――アレゴリー小説の行き詰まり

公的庇護を受けた芸術家の創造力が減退するのは普遍的現象かもしれないが、地方主義小説やメキシコ革命小説もその例外ではなかった。とくに一九三〇年代以降、中央政府の利害や時代の趨勢に迎合する作家たちは、文学の名を借りて、事件の記録や未開地域の現状報告、さらには政治的信条の表明に終始し、小説というジャンルそのものを情報伝達の道具に変えた。

記録と証言ばかりを重視した結果、メキシコ革命小説の担い手たちは、革命戦争下の実体験は「それ自体が小説なのだから敢《あ》えて小説化する必要はない」とまで主張し、物語の構造や語りの技法を蔑視《べっし》することもしばしばだった。アスエラやグスマンが用いた象徴化の操作をまったく無視して、読者の目を引くためだけに残虐な逸話を並べ、必要となれば、「正義によって民衆を救うべきだと唱えよう」などと直接的にメッセージを発した彼らの作品は、『虐げられし人々』や『領袖の影』の足元にも及ばぬ稚拙な小説もどきでしかなかった。

他方、ベネズエラやコロンビアなどの地方主義小説でも状況は変わらず、同じく技術的に稚拙な作家たちが、『渦』や『ドニャ・バルバラ』の構図を短絡的になぞって陳腐な登場人物を並べ、わざとらしい物語を展開してイデオロギー表明を行ったせいで、文学市場には三文小説があふれかえった。

一九四〇年代前半にはすでにマンネリ化が明らかだったにもかかわらず、出版社は依然として似たような小説の出版を続け、政府による公的支援が強化されたことで、事態は悪化の一途をたどった。とくにオイルマネーを頼みに国家主導の出版プロジェクトを大規模に展開したベネズエラでは、一九五〇年代まで小説の画一化が根強く残り、自由な創作の足枷《あしかせ》となった。

また、小説を政治的イデオロギー表明の場に使った作家たちは、一九二〇年代以降ラテンアメリカに社会主義・共産主義思想が広まるとともに、いわゆる「社会主義リアリズム」と酷似した作品を大量に生み出した。一九三〇年代以降、コロンビアのみならず、ラテンアメリカ各地で『渦』を「社会抗議の小説」と捉《とら》える作家が増え、ジャノやセルバの描写自体より、社会に蔓延《まんえん》する不正と搾取の告発という側面に注目が集まった事実は、この時代の文学的趨勢を端的に示している。小説を「感受性を目覚めさせ、社会の均衡と正義を実現するにふさわしい雰囲気を作るための道具」と位置づけたオソリオ・リサラソを筆頭に、社会改革の方向性を明確に示し、それに従ってアレゴリー的物語を作る方式の創作を実践した作家は、二〇世紀前半のラテンアメリカには枚挙に暇《いとま》がない。

前衛詩人としては評価の高いセサル・バジェホの『タングステン』(一九三一)、駆け出しの時代は無批判に社会主義リアリズムに追随したジョルジェ・アマード(ブラジル、一九一二～二〇〇一)の『カカオ』(一九三三)、インディヘニスモの流れを汲む社会抗議の作家ホ

オクタビオ・パス

ルヘ・イカサ（エクアドル、一九〇六～七八）の『ワシプンゴ』（一九三四）、いずれの作品も、リベラ＝ガジェゴスのモデルに追随するかたちで、自らの政治信条に沿うよう都合よく登場人物を動かして物語を展開し、最終的には読者に社会改革の必要を訴えて幕を閉じる。

メッセージの伝達を優先して語りの手法を軽視する姿勢は、ここに挙げた作家たちにも共通する。物語の構成や描写の技法に着目すれば、いずれの作品も『ドニャ・バルバラ』と肩を並べるレベルには到達していない。政府と敵対したり、公的庇護を拒否したりする作家の場合でも、その置かれる状況は革命小説や地方主義小説の担い手と変わらず、彼らの創作も次第に画一化の道をたどった。

地方主義小説、革命小説、社会抗議小説はいずれも、アヴァンギャルドと違って幻想的要素をそぎ落とし、現実世界を忠実に反映するリアリズム文学を標榜《ひょうぼう》していたが、彼らの創作がマンネリ化するとともに、大きな誤謬《ごびゅう》が浮かび上がってくる。

一九四三年、詩人オクタビオ・パス（メキシコ、一九一四～九八）は、直近二〇年間のメキシコ小説を論じたエッセイにおいて革命小説に触れ、「描写的というより奇抜な絵画趣味、リアリズムというより風俗写生の過剰」と評したうえで、そこでは、「真の小説家にとって唯一重要なはずの小説的現実は不具にされている」と述べた。これは、程度の差はあれ、本章で論じた三つのサブジャンルに属する作品の大部分に当てはまる指摘だった。小説の物語性とメッセージの伝達を安易に結びつける彼らの小説は、登場人物でも挿話でもステレオタイプを連発し、リアリズムを徹底しようとすればするほど現実世界の実態からかけ離れていく悪循環に陥っていた。メキシコ革命小説なら、銃弾に倒れる兵士、酒に酔った兵隊たちの乱痴気騒ぎ、不毛な砂漠地帯の行軍、焼打ちにあう町、主人を裏切る将校、戦闘に翻弄される農民。そして、地方主義小説や社会抗議小説なら、飽食で太った農園主、現地人を見下す外国人資本家、支配者に搾取される愚かな農民、純真無垢《むく》で善良なインディオ、堕落した神父、正義に燃える都会出身の弁護士や医者。

こうした紋切型的要素の組み合わせによる社会の単純な図式化が、小説から生身の人間とその生き様、すなわち「小説的現実」を奪っていた。後に三つのサブジャンルを「大地の文学」という名で総括するバルガス・ジョサは、次のような厳しい言葉でその旧弊と停滞を断罪している。

彼らの意図に反して、実はそんな文学こそ、機械的にひたすら同じテーマを繰り返す順応主義と因襲主義の最たる見本であり、わざとらしい方言の乱用とでたらめなストーリー展開に毒された彼らの作品には、自らの掲げる歴史的・批判的証言としての価値など微塵《みじん》もない（中略）。文学テクストになりきっていないこうした作品は、実のところ、複雑な社会を因襲にしたがって都合よく、そして派手に歪《ゆが》めるだけで、社会の反映からは程遠いものだった。

（『水を得た魚』）

アンヘル・ラマが「歪曲的押し付け《わいきよく》」、バルガス・ジョサが「客観的現実の主観化」と呼んだこの現象の要因として挙げられるのは、サルミエントの提起した「文明か野蛮か」のテーゼにはじまり、ガジェゴスの文明論によって都市の新興知識人に浸透した「進歩主義的」世界観だった。これに従えば、西欧文化は全知全能の「規範」として無条件にその正統性を受け入れるべきであるのに対し、そこから逸脱する分子、インディオや黒人、貧農や労働者は「異常」と分類される。ガジェゴスのようにこれを文明化すべき対象と見るか、社会抗議小説のように保護すべき対象と見るか、その違いはあれ、この時代のリアリズム小説では、「文明」から外れる社会集団は外側からしか描かれることがない。

一部の例外を除き、二〇世紀前半の知識人層に、周縁部の人々と長期間の共同生活を営んだり、その世界観を学んだりした者がほぼ皆無であったことを考えれば、これは当然の帰結だったと言わざるをえない。文学であれジャーナリズムであれ、彼らの視点は、服装、儀式、祝祭といった表面的な部分、エキゾチックな側面にとどまり、その奥へ入っていくことはなかった。そのため、周縁部に生きる人々の世界観が実は小説創作に新たな道を開く可能性を秘めていることに思いいたる者は、ラテンアメリカ内部からはなかなか現れなかった。

メッセージ伝達の道具となることで、新興知識人に注目されるのみならず、政府の公的庇護を受け、ラテンアメリカにおける小説の社会的地位が向上した事実は疑うべくもない。一九三〇年代には、政府系の出版局や民間の出版社からかつてない規模で小説が出版された結果、読者層がアルカディアの外に広がり、小説作品に啓発を受けた読者が社会改革への意識に目覚めるケースも見られた。だが、直接・間接に政治の道具とされてしまえば、かつてアヴァンギャルドの作家を支えていた自由な精神は失われ、創作活動の幅は制限されてしまう。フリオ・ガルメンディア（ベネズエラ、一八九八～一九七七）やホセ・ルベン・ロメロ（メキシコ、一八九〇～一九五二）といった一部の例外を除き、この時代の小説からは、幻想的要素もユーモアもほぼ完全に排除された。また、小説の「実用性」に目がいくあまり、語りの技法的修練はなおざりにされ、バルガス・ジョサが「先フロベール的」と呼んだレベルにとどまり続けた。

こうした要素はやがて負の遺産となり、一九六〇年代までラテンアメリカの小説家に重くのしかかった。だが、一九四〇年前後からは、ラテンアメリカの内側と外側でこれを乗り越えようとする動きが少しずつ見えはじめていた。

第2章　小説の刷新に向かって
——魔術的リアリズム、アルゼンチン幻想文学、メキシコ小説

幻想的な『グアテマラ伝説集』は、ヨーロッパでも大きな話題を呼んだ。書影は初版

シュルレアリスムから魔術的リアリズムへ――アストゥリアスとカルペンティエール

一九四〇年前後にはすでに停滞の兆候が明らかだった「大地の文学」を乗り越える動きは、主として三つにまとめられるだろう。すなわち、魔術的リアリズム、アルゼンチン幻想文学、メキシコのアイデンティティ探究文学である。

このうちもっとも早く世界的に認められたのは魔術的リアリズムであり、その土台を作ったのは、シュルレアリスムの影響が強く残る一九二〇年代末から三〇年代にかけてパリで親交を深めた二人のラテンアメリカ作家、ミゲル・アンヘル・アストゥリアス（グアテマラ、一八九九〜一九七四）とアレホ・カルペンティエール（キューバ、一九〇四〜八〇）だった。ヨーロッパ文化を席巻《せっけん》したアヴァンギャルドは、少なくとも小説文学に関するかぎり、一部の例外を除いてラテンアメリカにめぼしい成果をもたらさなかったが、その精神はパリへ渡ったラテンアメリカ作家に引き継がれ、後に大きな文学潮流を生み出すことになる。

現在では、アストゥリアスとカルペンティエールは、それぞれマヤ文化とアフロ（アフリカ系）文化の代弁者という評価を与えられているが、出自においては、二人ともヨーロッパ文明を推進する家系の生まれだった。

アストゥリアスは、一八九九年にグアテマラシティの進歩主義的な中流家庭に生まれ、大学で医学や法学を学んだ後、法学士として農民・労働者の啓蒙活動や民主主義擁護運動に乗り出した。一九二二年に書いた卒業論文「インディオの社会問題」には、インディオを下等人種と見なす差別的発言が随所に見られ、一九二一年にメキシコへ旅行してホセ・バスコンセーロスの混血擁護論に影響を受けたせいもあってか、貧困を中心とするインディオ問題の解決策をヨーロッパ人との混血に求めていた。実際にインディオと接触する機会もあったようだが、ヨーロッパへ渡る前のアストゥリアスにとって、彼らは克服すべき野蛮の体現でしかなかった。

他方、カルペンティエールの生い立ちは、インタビューなどで本人が眉唾物《まゆつばもの》の逸話を繰り出して事実を歪めたせいでいまも謎《なぞ》が多いが、現在では、父はフランス人、母はロシア人、出生地はハバナではなくスイスのローザンヌと確認されている。本人は、ハバナ生まれのハバナ育ちで、幼少期から黒人農夫と接触していたと生涯繰り返し強調したが、実際には少年期のかなりの期間をフランスで過ごしたようだ。

いずれにせよ、彼の「母語」はフランス語で、生涯スペイン語の発音からフランス語訛《なま》りが消えることはなかった。だが、幼少期からヨーロッパ文化に浸《つ》かっていたおかげで、カルペンティエールは若くから抵抗なくアヴァンギャルドを吸収し、黒人文化、とくにその音楽の持つ魅力に目を向けることができた。

二人にとって転機となったのは、独裁政権による投獄の体験だった。アストゥリアスは、一九二三年、反体制的言動によってホセ・マリア・オレジャーナ独裁政権に数日間拘束され、政治的迫害を逃れるかたちで翌年ロンドンを経てパリに到着した。アヴァンギャルドの嵐を肌で感じながら、ソルボンヌ大学で文化人類学者ジョルジュ・レイノーに師事したことで、彼の世界観は大きく変化し、以後マヤ文化の研究に乗り出す。

一九二七年には、メキシコの知識人ホセ・マリア・ゴンサレス・デ・メンドーサと協力してマヤの神話書『ポポル・ブフ』をレイノーのフランス語版からスペイン語訳して刊行し、その後も同様のマヤ文明関連書をパリで出版している。その一方でアストゥリアスは、ジェイムズ・ジョイス、ミゲル・デ・ウナムーノ、トリスタン・ツァラ、アンドレ・ブルトンといった作家や、同じグアテマラ出身でほぼ同世代の詩人ルイス・カルドサ・イ・アラゴン（一九〇一～九二）らと接触して文学にも関心を抱き、次第にマヤの世界観を盛り込んだ創作の可能性を模索しはじめた。

同様にカルペンティエールも、ジャーナリズム活動などを行うかたわら、ヘラルド・マチャード独裁政権反対運動に与《くみ》して一九二七年に投獄を受け、翌年シュルレアリストのロベール・デスノスを頼ってパリへ逃れた。この際にカルペンティエールがデスノスのパスポートを借りて出国したという逸話が残っているが、本人の証言も含め、この点をめぐる関係者の意見は分かれており、実際にそうした事実があったかどうかは定かでない。

パリ到着直後からシュルレアリスムのグループと接触したカルペンティエールは、持ち前の音楽的才能を発揮して、ポール・ドアルメとラジオの仕事をともにしたほか、デスノスやアントナン・アルトーの演劇活動にも協力した。シュルレアリストとの接触を通じてカルペンティエールはカリブ地域のアフロ文化への興味をさらに深め、アストゥリアスや、ベネズエラの作家アルトゥーロ・ウスラル・ピエトリ（一九〇六～二〇〇一）との交友も重なって、ラテンアメリカ文学全体の新たな可能性を強く意識するようになった。

ラテンアメリカ小説のヨーロッパ進出――『グアテマラ伝説集』の成功

こうした状況でアストゥリアスは、マヤ文明をめぐる文化人類学的研究の成果とシュルレアリスムの美学を結びつけて、一九三〇年、ラテンアメリカ文学史に残る記念碑的名作『グアテマラ伝説集』を発表し、魔術的リアリズムの開祖となった。

詩的描写に満ちた二つのプロローグと五つの伝説から成るこの作品は、『ポポル・ブフ』を中心とする古代マヤの神話体系に依拠して再現した世界観をもとに、西欧的な合理主義や科学的・論理的思考とかけ離れた一連の幻想的物語を描き出している。『巣なき鳥』や『ワタ・ワラ』のようなインディヘニスモ文学が、西欧的視点に基づいて外側からインディオ世界の実態を描いていたのに対し、『グアテマラ伝説集』の試みは、マヤ・インディオの視点に基づいてその内側から世界全体を捉え直すことにあった。

といっても、アストゥリアスは現代世界に生きるインディオを対象としたわけではなく、彼の描く空間や登場人物は、学術的成果をもとに、美学的目的に沿って作られた人工的創造物だった。現実世界では後進性の象徴としてインディオを蔑視していたアストゥリアスが、矛盾を感じることなくマヤ文明の代弁者になれたのは、現代グアテマラと無縁な「伝説」の無時間的枠組みを利用したからにほかならない。

いずれにせよ、人工的に構築された伝説的・神話的グアテマラを舞台に、「何世紀も続いた一日」という時間のもとで進行する物語と、そこにできあがる不思議なイメージの連続は、シュルレアリスムに感化されたヨーロッパ人読者を驚愕《きょうがく》させるに十分だった。火山の噴火による世界の破壊と町の再建や、異端審問官によるアーモンド師と奴隷女の拘束などをテーマに、予想もつかぬかたちで進行する物語群は、とうもろこしやピターヤ、ピューマ、スキナイといったマヤ世界に馴染《なじ》みの深い事物をちりばめた描写で補強され、特異な詩的空間を作り上げている。

一九三〇年にマドリードのオリエンテ社から刊行された『グアテマラ伝説集』の初版はそれほど大きな反響を呼んだわけではないが、翌年に作家フランシス・ド・ミオマンドルの手でフランス語訳されると、非西欧的な美を追い求めるシュルレアリストや作家たちの目にとまった。とりわけ詩人ポール・ヴァレリーは訳者に熱烈な手紙を送り、この作品を「もっとも妄想的な夢」、「熱帯的夢想の代理人」と評するなど、アストゥリアスの手掛けた「インディオの魔術」を絶賛した。

カルドサ・イ・アラゴンによれば、このフランス語版の初版はわずか五〇〇部、そのうち二〇〇部をアストゥリアス自身が配り歩いたというから、商業的成功には程遠かった。だが、その後のラテンアメリカ文学に重要な意味を持ったのは、この作品に対してフランスの作家や批評家が示した好意的反応だった。その意味では、『グアテマラ伝説集』に寄せられたヴァレリーの言葉は、ラテンアメリカの土着的世界を描いた小説をヨーロッパ人向けに売り込む可能性を開いたと言えるだろう。

これは、それまで「野蛮」とされてきたインディオや黒人に対する見方を大きく変える契機となるとともに、作家たちの創作姿勢そのものにも影響を与えずにはいなかった。同時代のラテンアメリカ文学の主流を占めていた「大地の文学」は、基本的に都市の知識人が、同じく都市に住む中間層に向けて地方の状況を描き出すかたちを取っており、その意味で完全に国内向けの文学だった。しかし、『グアテマラ伝説集』の成功によってラテンアメリカの作家は、国境の向こう側にヨーロッパ人という読者を想定できるようになった。

一九三三年にパリを離れてグアテマラへ帰国したアストゥリアスは、すぐにホルヘ・ウビコ政権に抱きこまれ、創作においては、『グアテマラ伝説集』の路線を放棄して『大統領閣下』（一九四六）の執筆に取り掛かった。その一方、パリに残ったカルペンティエールは、独自に『グアテマラ伝説集』の路線を継承して巧みに自作をヨーロッパの読者に売り込み、やがて魔術的リアリズム隆盛の土台を築くことになる。

「驚異的現実」論の理想と現実——『この世の王国』

カルペンティエールの処女長編『エクエ・ヤンバ・オー』（一九三三）は、本人によればハバナの獄中で書きはじめられた作品だが、執筆の再開、さらにその後の出版（マドリード、エスパーニャ社）に、『グアテマラ伝説集』の成功が少なからず影響していたことは間違いない。

ヨーロッパ人を魅了する創作の可能性を黒人文化に求めたカルペンティエールは、アストゥリアスと違って小説の舞台を同時代に設定し、さとうきび農園の農業労働者に焦点を当てた。社会主義リアリズムとの関連も指摘されているとおり、物語自体は労働者の惨状を描き、武装蜂起へいたるプロセスを通して独裁制に対する告発を打ち出しているが、何より読者の目を引くのは、黒人の風俗や宗教儀礼、音楽などに関する執拗《しつよう》に詳細な記述だろう。

とはいえ、ストーリー展開と無関係に多様な描写が詰め込まれたせいで、小説の構成は完全に弛緩《しかん》し、単なる挿話や風俗写生の羅列という印象を免れなくなった。おまけに、西欧的視点から黒人世界を描いているため、物珍しい側面ばかりが強調され、本人が避けようとしたはずのエキゾチズムに陥っている。カルペンティエールの処女作として読めば興味深い部分はあるものの、全体として『エクエ・ヤンバ・オー』は当時ラテンアメリカで隆盛していた「大地の小説」と変わるところがなく、後に本人もこれを失敗作と認めて、作家としての地位を築いた後も長らく再版を許さなかったほどだった。

この失敗がこたえたのか、カルペンティエールはしばらく本格的な長編小説への取り組みを見送っていたが、一九三九年、大戦勃発直前のパリからキューバへ帰国し、その後、メキシコの新鋭出版社フォンド・デ・クルトゥーラ・エコノミカの依頼を受けて『キューバの音楽』（一九四六）の執筆に着手すると、再び彼の創作意欲は活性化した。調査のためにキューバ国内各地、さらにはカリブ諸国を旅行したことで、カルペンティエールの視野は広がり、一九四三年のハイチ旅行中に、一九世紀の黒人専制君主アンリ・クリストフが築いた城砦《じょうさい》の跡地を訪れた体験が啓示となった。

カルペンティエール

後年のカルペンティエールは、インタビューなどに答えると自分の体験をしばしば脚色し、著名人との付き合いをひけらかすことが多かったため、現在では異論も出ているが、フランスの名優ルイ・ジュヴェも同行したというこのハイチ訪問中に彼は、長編第二作『この世の王国』（一九四九）の着想を得るとともに、その序文で展開する「驚異的現実」論の萌芽《ほうが》を感じた、というのがいまのところ定説である。

「驚異的現実」論の骨子は、すでに凋落《ちょうらく》の兆しを見せていたシュルレアリスムが不思議を生み出す手法をコード化し、些細《ささい》な人工的驚異の探求に終始しているのに対して、ラテンアメリカの現実世界には日常的に驚異が遍在するため、単に事実を記録するだけで驚異的な文学作品ができあがる、という主張にある。精神に大きな動揺を引き起こす驚異について論じる一方で、カルペンティエールは、驚異の表出には「信奉」が必要であると述べ、異なる世界観を共有することなしに奇跡は起こらないとも主張している。この理念に沿って、それまで野蛮とされてきた黒人奴隷の世界観、とくに「ヴードゥー（黒人の民間信仰）」に視点を同化させ、逆に、ヨーロッパ文化を独裁制と結びつけたうえで、ラテンアメリカの「驚異的現実」によってこれを覆す構図を作り出すことができれば、単に「ガジェゴス・モデル」を超越するのみならず、ヨーロッパ文化を激震させる小説を上梓《じょうし》できる、これがカルペンティエールの目論見《もくろみ》だった。

そして、ラテンアメリカの歴史は「驚異的現実の記録」にほかならないという信念に従って、ハイチ独立の歴史から題材を取って書かれたのが『この世の王国』である。本人の言葉によればそこには、「サントドミンゴ島で人の一生では及ばないくらいの期間に起こった一連の途方もない出来事が語られており、驚異的なものが細部まで忠実に再現された現実から自由に流れ出てくるようになっている」という。確かに、『この世の王国』は厳格な文献的裏付けに基づいた歴史小説であり、ポーリーヌ・ボナパルトやクリストフといった比較的有名な歴史的人物はもちろん、ティ・ノエルや農園主メジーといった無名の人物や、関連する地名まで史実に対応していることがすでに立証されている。こうした史実の枠組みを使いながら、「ヴードゥー」を中心とする黒人奴隷の信仰を物語の基底に据えたカルペンティエールは、煮えたぎった油に手を突っ込んでも顔色一つ変えず、いとも簡単にイグアナやペリカンに変身する反乱者や、牛の血を混ぜたモルタルで難攻不落の城を建設しようとした黒人専制君主など、西欧の合理的・科学的世界観から見れば「驚異」とされるさまざまな挿話を盛り込んでいる。

だが、「驚異的現実」論の矛盾は出発点から明らかだった。すなわち、カルペンティエールは、一方でラテンアメリカの現実にヨーロッパ的視点から「驚異」を見出しておきながら、他方で非ヨーロッパ的世界観を持つ民族、具体的には黒人との同化を提唱し、『この世の王国』においても黒人奴隷ティ・ノエルの視点から語りを進めている。

ヨーロッパ人の目から見れば驚異となるものも、黒人には日常的光景でしかないから、カルペンティエールは執筆を進めながら絶えず驚異消滅の危機に晒される。両者の間を揺れ動いた挙げ句、バルガス・ジョサも指摘したとおり、最終的にカルペンティエールは「神秘的見方を放棄して客観的現実と史実のレベルに戻る」ことを余儀なくされた。また、描写においても、イタリアの画家ピラネージの絵やスペインのエル・エスコリアルといった、ヨーロッパ文化と無縁な黒人奴隷が知るはずもない事物に頼ってしまう。マッカンダールの変身や空中浮遊は、ヨーロッパ的世界観に支えられた語りに取り込まれると、取ってつけたような、いかにも不自然な挿話となり、読者の精神を揺さぶる「驚異」というより、単なる奇談にしか見えない。

小説の結末近くで主人公ティ・ノエルがいたる次の結論は、ジレンマを乗り越えられなかったカルペンティエールが苦し紛れにたどり着いた苦肉の解決策だったと言えるだろう。

今や彼は理解した。人間は誰のために苦しみ、希望を持つのかを決して知ることがないのだ。決して知り合うこともない人のために苦しみ、希望を持ち、働くのだ。そして彼らは彼らで同じように不幸な隣人のために苦しみ、期待し、働くのだ。人間はいつも自分に与えられた以上の幸福を熱望する。だが、人間の偉大さは、現状をよりよいものにしようとするその欲求にこそあるのだ。

このいかにも説教臭い、そして完全に西欧的な思想が挿入されたことで、数多《あまた》の興味深い挿話にもかかわらず、『この世の王国』は最終的に「大地の小説」と同じレベルへ転落し、ダリやタンギーといったシュルレアリストまでこきおろした尊大な「驚異的現実」論の矛盾を露呈する。

カルペンティエール研究の第一人者ロベルト・ゴンサーレス・エチェバリアが看破したとおり、「魔術がこちら側にあったとしても、向こう側から見なければそれを発見することはできない」。シュペングラーの『西欧の没落』に刺激されてヨーロッパ文化の衰退を予感し、同時にラテンアメリカの土着文化に約束の地を見出したカルペンティエールだったが、この創作を通して彼は、自分が西欧化した文化人であること、そして「普遍的」文化としての西欧文化の価値が揺るぎないことを痛感する。西欧文化とラテンアメリカ土着文化、どちらが欠けても彼の文学は成り立たないのだ。

創作におけるカルペンティエールの目論見は結果的に失敗だったと言わざるをえないが、重要なのは、『この世の王国』とその序文で、ラテンアメリカの現実世界に根差した文学が、ヨーロッパ人読者の興味を引くばかりか、ヨーロッパ文学を凌駕《りょうが》することも夢ではない、その可能性が示されたところにある。ラテンアメリカの文学がヨーロッパの文学を乗り越えるための道標となっただけでも、『この世の王国』は十分な成果を上げたと言っていい。

世界へ踏み出すラテンアメリカ小説――『失われた足跡』の成功

カルペンティエールの最高傑作としばしば評される『失われた足跡』（一九五三）の出発点は、一九四五年、ベネズエラのカラカスに拠点を移した直後に彼が行ったオリノコ探険旅行だった。

本人の言葉を信じるならば、この小説は、「一度目は気に入らず、二度目は失望し」、「熟慮の期間」を経て、三度目にようやく「満足いく形に」書き上げられた。カルペンティエールは比較的寡作で、長い時間をかけて一作を練り上げていくタイプだが、それにしてもこの作品の執筆は困難をきわめたようだ。

ゴンサーレス・エチェバリアの言葉を借りれば、『失われた足跡』は「失望の書」であり、その結末は、芸術活動への従事と土着世界への同化は両立しないという認識を反映していた。原始生活のなかで強烈な創作意欲にとりつかれて交響曲の作曲に着手する主人公「私」は、まず「紙」というヨーロッパ的な物資の不足に直面し、さらに、せっかく交響曲を完成させても、西欧文明に戻らなければ上演が不可能であるばかりか、その価値を理解してくれる人もいないという根本的事実に突き当たる。主人公の陥るジレンマは、アメリカ大陸の土着世界を創作の源泉としながらも、芸術家であるがゆえにその世界への同化を妨げられたカルペンティエールの苦悩を象徴的に表している。

先に小説の結末に触れてしまったが、『失われた足跡』の出発点となったオリノコ探険でカルペンティエールが経験したのは、すでに一九四四年に発表していた短編小説「種への旅」で描かれた時間の遡及《そきゅう》だった。首都カラカスを離れ、シウダー・ボリバルからオリノコ川に沿ってセルバを遡るにつれて、近代的相貌《そうぼう》の町は姿を消し、石器時代と変わらぬ暮らしを続ける原住民の村落が現れる。「種への旅」では、テープの逆回しのように死から生へ遡ることで作品を完成したが、そのような人工的手法に頼らずとも、アメリカ大陸の現実に目を向ければ、地理的な移動だけで時間を逆方向にたどることができる、この発見がカルペンティエールにとって二度目の啓示となった。

出発点においてはこれも、ラテンアメリカの「驚異的現実」と同種の体験だったのかもしれないが、カルペンティエールはこれを小説化する際に、『この世の王国』とはまったく違う態度で臨んだ。現地的視点は完全に放棄され、語り手は、西欧文化の文脈に生きるラテンアメリカ出身の音楽家という点でカルペンティエールのアルター・エゴとも言える「私」（名前は最後まで明かされない）の一人称に統一される。

セルバの奥地に住む未開民族の楽器に関する調査を任された主人公は、愛人ムーシュとともに旅に出るが、ヨーロッパ文明に汚されていない世界との接触に精神的高揚を覚えるにつれて、道中知り合った現地の若い女性ロサリオに惹かれはじめ、やがて便利な文明生活を捨ててセルバに住みつくことを決意する。

愛人とのセルバへの逃避行といえば、すでに論じたリベラの『渦』が想起されるかもしれない。だが、おそらく意識的に同じ枠組みを用いながらも、カルペンティエールの意図はまったく違うところにあった。同じ一人称体とはいえ、『渦』におけるアルトゥーロの語りが外側から現実世界を描写し、セルバにはびこる搾取や不正の告発を目的としていたのに対して、『失われた足跡』の「私」は、常に内側から自然を描写し、それを通じて刻一刻と彼の内面で進む心理的変化を伝える。

アルゼンチンの作家エンリケ・アンデルソン・インベルト（一九一〇〜二〇〇〇）が指摘したとおり、ラテンアメリカの現実はカルペンティエールを刺激する時にこそ「驚異的」なのであり、その意味では、驚異の伝達に必要なのはカルペンティエール自身の主観的ヴィジョンにほかならない。土着文化との同化に失敗した彼にとって、この小説で探究の対象となったのは、セルバの未開世界自体ではなく、西欧文化が体に染みついた状態でラテンアメリカ作家として創作を続けようとする自分自身だった。そして、自分自身を客体化しようとするがゆえに必要となったのが、架空の「私」を設定するフィクション化の操作だった。

『この世の王国』におけるカルペンティエールは、「驚異的現実」論を盾に、無邪気とすら言える態度で奇抜な史実を次々と作品に盛り込んでいたが、時間旅行を通じて自らの内面を明らかにする『失われた足跡』の執筆を機に、彼はフィクションという小説の原点に回帰した。「私」というフィルターを介して読者は、セルバを移動する時間旅行に引き込まれ、カルペンティエールの「驚異」、そしてそれに続く失望に共感する。バルガス・ジョサの言う「主観の客体化」、あるいは、エルネスト・サバト（アルゼンチン、一九一一～二〇一一）の提唱する「主観から普遍へ」の小説創作がここで実践されている。

出版当初、スペイン語圏における『失われた足跡』の反響はさほど大きくなかったが、一九五六年、以前からカルペンティエールに注目していたフランスの批評家ロジェ・カイヨワの進言を受けて、ベネズエラ時代の友人ルネ・ドゥランによるフランス語訳が名門ガリマール社から出版され、さらにこれが同年の最優秀外国語書籍賞を受賞すると、一躍世界の注目を浴びた。同じ年、ロンドンのゴランツ社とニューヨークのクノップフ社が英語版を刊行し、五八年までにノルウェー、デンマーク、フィンランド、ドイツ、イタリア、ユーゴスラビアで翻訳が出版されたほか、五九年にはメキシコのコンパニーア・ヘネラル社からスペイン語版が再版された。とくに英語圏では、イギリスの劇作家J・B・プリーストリーや女流詩人エディス・シットウェルの絶賛を受けて何度も増刷されるほどのヒットとなり、アメリカの名優タイロン・パワーが自ら映画化に乗り出す事態にまでなった。

パワーが一九五八年に亡くなったため、最終的にこの企画は実現しなかったが、カルペンティエールはインタビューなどで何度もこの話題を取り上げ、『失われた足跡』のみならず、次作『追跡』まで巧みに売り込むことで、世界的作家となるための足掛かりをつかんだ。『追跡』（一九五六）も含め、これ以降カルペンティエールの小説はいずれも、まずスペイン語圏の有力出版社から刊行された後、当時としては異例のスピードでガリマール社やゴランツ社といった大手から翻訳出版されることになる。

こうしてカルペンティエールは、ルベン・ダリオ以来、久々にヨーロッパで同時代的に評価されたラテンアメリカ作家の地位を手にしたが、彼の成功は明らかにダリオのそれとは性格を異にしていた。すなわち、ヨーロッパ詩の潮流を汲みつつコスモポリタンな詩作で読者を魅了したダリオと違って、カルペンティエールはラテンアメリカという世界自体を文学作品として欧米に売り込むことに成功したのだった。

『失われた足跡』の成功を受けて、ガリマール社がラテンアメリカ文学シリーズ「南十字星」の出版に乗り出した事実を見てもわかるとおり、カルペンティエールは後進のラテンアメメリカ作家にヨーロッパ市場への道を開いた。その意味では、「ラテンアメリカ文学のブーム」の到来を準備したと言ってもいいだろう。

ラテンアメリカ小説の二つの原動力——アルゼンチンとメキシコ

ラテンアメリカ内部からは、アルゼンチンとメキシコの文学が「大地の小説」を乗り越える原動力となったが、それには相応の理由がある。アルゼンチンは、一九〇〇年の時点で、日本をはるかに凌《しの》ぐ世界第五位の経済力を誇り、一九世紀後半から積極的にヨーロッパ移民を受け入れるとともに、繁栄を頼みにさまざまな分野で西欧文化を貪欲に吸収した。牧畜業を牛耳るエリート層は、頻繁にヨーロッパ、とりわけパリを訪れ、絵画や演劇、音楽などに直接触れながら知的教養を深めていった。また、一九世紀後半からアルゼンチン国民の識字率はラテンアメリカ内でずばぬけて高く、エリート層のみならず中間層にも読書の習慣が根づいていたおかげで、新聞・雑誌の発行を含めた出版業は、すでに世紀が変わる前から活況を呈していた。

ロサダ社やスダメリカーナ社、エメセー社といった出版社が、ギジェルモ・デ・トーレ(一九〇〇~七一)、ビクトリア・オカンポ(一八九〇~一九七九)、オリベリオ・ヒロンドといった著名作家・批評家と組んで文学作品の出版に乗り出した一九四〇年代以降、二一世紀にいたるまで、アルゼンチンはラテンアメリカ随一の文学大国として揺るぎない地位を守り続けた。現在でもこの知的伝統は受け継がれており、活発な評論活動、品揃《しなぞろ》えのいい書店、読書や議論の場を提供するカフェなどに支えられて、アルゼンチンは世界一とすら言えるほど目の肥えた読者を抱えている。

他方、メキシコでは、ラサロ・カルデナス大統領が農地改革や石油国有化などを成功させて革命の成果を総決算した後も、政府主導による文化活動へのテコ入れが続き、絵画、映画、演劇、文学などの分野で着実に成果が上がっていた。出版業も成長を続け、現在ではスペイン語圏でもっとも大きな影響力を持つ出版社の一つとなったフォンド・デ・クルトゥーラ・エコノミカ社が、政府の支援を受けて一九三四年に創設されたほか、教育事業と結びついたポルア社、ディアナ社やグリハルボ社などが一九四〇年代から文学作品の出版に乗り出した。また、メキシコ国立自治大学を中心に、大学や高校における文学教育も拡充され、都市部への人口集中が進むなか、アルゼンチンにやや後れを取ったとはいえ、専門的な研究者から単なるマニアまで、文学愛好家の裾野《すその》はとくに一九五〇年代以降急速に広がっていった。

ホセ・ドノソ（チリ、一九二四～九六）が『ブームの個人史』（一九七二、邦題は『ラテンアメリカ文学のブーム』）で回想しているとおり、二〇世紀前半のラテンアメリカでは、本が国境を越えて流通することはめずらしく、ヨーロッパの小説のほうが隣国の小説より入手しやすいような状態にあったが、そのなかで辛うじて国外への発信力を備えた出版社を輩出したのはアルゼンチンとメキシコだけだった。

アストゥリアスとカルペンティエールの出版歴を見てもこの事実は明らかで、二人とも処女作こそスペインから出版しているものの、その後の成功はメキシコとアルゼンチンの出版社に負っている。アストゥリアスは、一九四六年にメキシコのコスタ・アミック社から『大統領閣下』を発表し、一九四八年にアルゼンチンのプレアマル社から『グアテマラ伝説集』を増補再版した後、『とうもろこしの人間たち』（一九四九）、『緑の法王』（一九五四）、『埋葬者たちの目』（一九六〇）、『名もなきムラート女』（一九六三）など、主要作の大部分をロサダ社から発表した。カルペンティエールは、『この世の王国』と『失われた足跡』の初版をメキシコのイベロアメリカナ社から刊行しているほか、『追跡』の初版をロサダ社から、『時との戦い』（一九五八）と『光の世紀』（一九六二）の初版をメキシコのコンパニーア・ヘネラル社から出版している。

また、二人より三〇歳以上若いバルガス・ジョサは、一九四〇年代にペルーの地方都市ピウラで、ロサダ社の「同時代図書」シリーズや、メキシコのディアナ社の発行する本を読み、五〇年代には、アルゼンチンの雑誌『スール』を通して諸外国の文化動向について情報を得ていたことを自伝『水を得た魚』（一九九三）で回想している。ガブリエル・ガルシア・マルケス（一九二七〜二〇一四）やホセ・ドノソなど、ブームを代表する作家たちが思春期に国外の文学に接することができたのは、アルゼンチンとメキシコの出版社によるところが大きい。

このような議論を断定的に進めると、往々にしてラテンアメリカ諸国の愛国的知識人から猛反発をくらうことになるが、現在までラテンアメリカでもっとも強固な文学の伝統を備えているのはアルゼンチンとメキシコであり、もっと端的に言えば、この二国以外は「その他大勢」の状態に置かれていると理解してもあながち的外れにはならない。とりわけ、博識な読者と辛辣《しんらつ》な批評家に支えられたアルゼンチンは、二〇世紀を通じて世界的にも唯一無二と言えるほど特異な知的幻想文学の系譜を生み出し、次第にヨーロッパでも注目を集めるようになった。

アルゼンチン文学の展開――幻想文学の土壌

スペイン領植民地のなかで、僻地《へきち》としてもっとも遅い段階で開発がはじまったラプラタ川下流域は、広大なパンパ（草原）地帯であり、さらに南へ下れば、荒涼としたパタゴニアが広がっている。現在でもアルゼンチンを旅していると、ひとたび町を出るやいなや、人跡未踏とすら思われる手つかずの大自然に囲まれる。「無」と背中合わせのこうした生活環境は、エルネスト・サバトが論じたとおり、「形而上学的文学《けいじじょうがく》」の成立と無関係ではない。

首都ブエノスアイレスは「無」から建設された町であり、歴史的基盤の脆弱《ぜいじゃく》さが常に意識されるせいか、表面上の華やかさの裏側に消失への恐怖が見え隠れする。カルロス・フエンテスによれば、ブエノスアイレスの特徴は「不在」にあり、それ自体虚構とすら言えるこの町に住む人々は、言葉によって自らの存在を支えるための文学、とくにフィクションに救いの場を求める。リカルド・ピグリア（アルゼンチン、一九四一〜）は、アルゼンチン文学では創作が秩序ある世界への憧《あこが》れを孕み、フィクションがユートピア建設と重なることを指摘している。

二〇世紀に入り、いくつかの要因が結びついて特異な幻想文学を生み出す端緒となるのは、ヨーロッパとの関係の変化、とりわけヨーロッパの地理的・文化的辺境という自らの位置をめぐる意識の変化だった。元来落ちぶれて祖国を離れたヨーロッパ人たちの流れ着く先という性格を運命づけられていたうえ、一九世紀初頭に国として独立した後も、ほぼ完全なヨーロッパへの経済的・文化的従属を続けた結果、アルゼンチンはヨーロッパの関心をほとんど引かなくなり、一方向的な関係、サバトの言う「こちら側からの賞賛、向こう側からの無関心」を余儀なくされた。

牛肉輸出を中心とするヨーロッパとの交易で未曽有《みぞう》の利益が得られるうちは、「ヨーロッパの辺境」であることが疑問視されることはなかったが、二〇世紀初頭から西欧文化への妄信的崇拝を崩す事件が次々と起こるうちに、事態は変わってくる。まず、東欧やイタリア、アイルランドなどから貧困に喘《あえ》ぐ移民が大量に殺到し、混乱したブエノスアイレスの治安は悪化の一途をたどった。続いて、第一次世界大戦によってヨーロッパが荒廃し、以後、輸出頼みの経済は深刻な打撃を受けた。西欧一辺倒でそれまで政治経済の中枢を担ってきた農牧畜エリートは、こうした状況を前に自己の文化的基盤を失い、アルゼンチンの存在意義を問い直す必要に迫られた。

文学はこうした流れに敏感に反応し、一九二六年には、アルゼンチン文学史に残る二作の長編小説、リカルド・グイラルデス（一八八六～一九二七）の『ドン・セグンド・ソンブラ』とロベルト・アルルト（一九〇〇～四二）の『怒りの玩具《がんぐ》』が刊行されている。大農園主の家庭に生まれたグイラルデスと、貧しい移民の家庭に生まれたアルルトは、それぞれ農牧畜エリートと都市貧困層、対立を深めつつあったアルゼンチンの二つの社会階層を代表する存在だった。パンパの大地でファビオ・カセレス少年の物理的・精神的指導者となるドン・セグンド・ソンブラの姿を通して、失われつつある「ガウチョ（牛追い）」に郷愁とオマージュを捧げたグイラルデスに対し、アルルトは、才能はありながらも社会の底辺に追いやられているせいでそれを活かすことのできない主人公、シルビオ・アスティエルのその日暮らしを追いながら、低賃金の過酷な労働で糊口《ここう》を凌ぐ都市労働者の生活実態を描き出した。

当時両者は、前者が形式的・文体的に洗練されたコスモポリタン文学を掲げる「フロリダ派」の、後者が厳しい現実社会を映し出す戦闘的文学を標榜する「ボエド派」の、それぞれ代表格と見なされていたが、一見対立するように見える両派に共通していたのは、文化的基盤を失って迷走をはじめたアルゼンチンの先行き不透明な未来に対する不安感だった。そのせいもあって二作は、「地方主義小説」や「大地の小説」の範疇《はんちゅう》で論じられることもあるとはいえ、そうした安易な分類を許さない神秘的性格を備えている。『ドン・セグンド・ソンブラ』に描き出された世界は、ある程度までパンパや農園の実生活を反映しているが、少なくともそこに登場するガウチョに関しては、同時代の実態とかけ離れており、完全に理想化された虚像であることが指摘されている。また、作者の自伝的要素が盛り込まれた『怒りの玩具』は、下層階級の厳しい現実をかなり忠実に再現しているが、その主人公は、現実を変えようとして戦うどころか、むしろ逃避的であり、常に本などを通して空想世界に救いを求め続けた挙げ句、親友を裏切ることでブエノスアイレスの現実から逃げる道を選択する。かたちこそ大きく違うものの、二作はともにアルゼンチン文学固有の「フィクションのユートピア」を内包していたと言えるだろう。

「忌まわしい十年」と幻想文学の開花

アルゼンチンでの幻想文学の開花は、歴史上「忌まわしい十年」と呼ばれる混乱の時代と密接に関係している。一九二九年にはじまる世界大恐慌の煽《あお》りを受けて、牛肉輸出に依存したアルゼンチン経済が完全に行き詰まると、失業者の増加とともに首都の治安はいっそう悪化し、軍部クーデターの連発で民主主義体制は崩壊した。

ヨーロッパに頼ることもできず、といって労働者階級と連携するわけにもいかず、ましてや実体のないガウチョにも自己同一化できない知識人層にとって、救いの場所はもはやフィクションのユートピアしかなかった。エリート階級の知識人が幻想文学への傾倒を深め、独自の創作を模索しはじめるのは、アルゼンチンの現実世界が悪夢と化していく一九三〇年代のことだった。

エリート階級の作家たちは次第に、一九三一年にビクトリア・オカンポが創刊した雑誌『スール』を軸にグループを作り、創作・出版活動を展開しはじめた。その中核を担ったのは、スペイン貴族の流れを汲む名門家の出身で、幼少から英語、フランス語、イタリア語に長《た》けていたばかりか、若くからパリでさまざまな芸術家と接触していたビクトリアとシルビナ（一九〇三～九三）のオカンポ姉妹、ヨーロッパでの滞在経験が豊富で、並外れた記憶力と文学的素養に恵まれたホルヘ・ルイス・ボルヘス、そして、彼の一番弟子とも言える存在で、大農園主の家系を汲むアドルフォ・ビオイ・カサーレス（一九一四～九九）の四人だった。

西欧にとどまらず世界中の文学・芸術に通じ、いずれ劣らぬ教養人だった四人は、頻繁に会合を開いて文学談義に耽《ふけ》り、自らも創作に励む一方で、一九四〇年には世界文学から傑作短編を集めて『幻想文学選集』を出版している。ここには、H・G・ウェルズやカフカ、ホフマンやG・K・チェスタトンといった西欧の幻想文学を代表する作家のみならず、アジアからも荘子《そうし》らの作品が収録されており、彼らの教養の広さと文学的見識の鋭さをうかがい知ることができる。

この他、編集者としても辣腕を発揮した作家ホセ・ビアンコ（一九〇八～八六）、ボルヘスの義弟で辛口の批評家ギジェルモ・デ・トーレなど、個性豊かな知識人が集って『スール』のグループを盛り上げたが、なかでもとりわけ大きな影響力を持ったのは奇人マセドニオ・フェルナンデスだった。エリート知識人の集まる文学談義におけるその突飛な言動が人気を博したほか、後に『エテルナの小説博物館』（一九六七）というタイトルで死後出版される草稿を筆頭に、マセドニオがあちこちに書き散らかした文章は当時の作家に広く読まれており、とくにボルヘスやビオイは、文学におけるフィクションとリアリズムの分離を旨とするそのテーゼに共鳴した。

ショーペンハウエルの哲学やアヴァンギャルドの美学に感化されていたマセドニオにとって、小説の本質は現実世界から独立した秩序の構築にあった。このような「虚構としての虚構」は、アンチリアリズムとアンチヒューマニズム、すなわち、写実的・感情的・人間的要素の徹底した排除によって初めて達成される。この理念を基盤に彼が目指したのは、読者を「登場人物化する」ことであり、これは言い換えれば、実存への確信を動揺させ、現実世界から切り離されたような「酩酊《めいてい》」を読者に体験させることだった。マセドニオによれば、このような酩酊状態、生の喪失感は、現世における死や消失を逃れる手段となりうる。

『エテルナの小説博物館』を見ればわかるとおり（作品の半分以上が序文）、マセドニオの作品は往々にして内容よりテーゼが先行し、リアルな要素や感情的局面を排しながら読者をフィクションに引き込んで酩酊状態を経験させるという、矛盾に満ちた目論見を達成しているとは言いがたい。だが、そこに打ち出された提言、とくに現実世界から離脱する手段としての文学の存在意義は、「忌まわしい十年」による現実世界の危機に怯《おび》えていたアルゼンチン・エリートの憧憬《しょうけい》に応えるものだった。

文学こそ「我が祖国」というビオイの言葉に示されているとおり、アルゼンチン作家の多くが意識的・無意識的に目指していたのは、ブエノスアイレスの危うい現実世界に代えて、安定したフィクションの世界を創設することだった。そして、マセドニオの理論を受け継ぎ、独自の観点からこれを実践に移すことで、アルゼンチン幻想文学の基本路線を示してみせたのがボルヘスである。

ボルヘスの短編小説――『伝奇集』の出版

ボルヘスがマセドニオの矛盾を乗り越えることができたのは、幼少時代から培ってきた博識のおかげだったと言えるだろう。一九三〇年代前半に書いた「アルゼンチン作家とその伝統」というエッセイにおいてボルヘスは、ユダヤ人と自国民を比較しながら、世界におけるアルゼンチンの文化的位置を論じている。この議論によれば、「ヨーロッパの辺境」というアルゼンチンの位置は、文学活動にとって不利どころかむしろ好都合であり、西欧文化と土着文化、双方を踏まえた広い視野から独創的作品を生み出す可能性を秘めている。もちろんボルヘス自身がその最たる例であり、ヨーロッパやアルゼンチンのみならず、アジア、アフリカも含めた世界中の書籍から得た広範な知識こそ、唯一無二とも言える彼の文学世界の支えだった。

有名な短編「バベルの図書館」には、老司書の回想を通して、無数の本を六角形の空間に整然と並べた架空の図書館が描き出されているが、ボルヘスの憧れを具現したこの図書館こそ、彼が創作の源とした書誌学的知識を象徴していた。端的に言えばボルヘスは、リアリズム的要素や人間的要素を極限までそぎ落とすかわりに、世界中の本から集めた歴史的・芸術的・文学的・哲学的知識を注ぎ込み、高度な知的修練としてのフィクションを確立したのだった。

ボルヘス

ボルヘスは、一九二〇年代にウルトライスモの詩人として成功を収めた後、一九三〇年代から本格的に短編小説に着手し、一九三五年には処女短編集『汚辱の世界史』を出版しているが、特異な幻想世界の開花が存分に見られるのは、四一年発表の『八岐《やまた》の園』だろう。その初版には、「バベルの図書館」のほか、「円環の廃墟《はいきょ》」、「『ドン・キホーテ』の作者ピエール・メナール」など、主に一九三九年から四一年の間に雑誌『スール』に発表された短編が八編収録されている。そして一九四四年、これに新作数編を追加して『伝奇集』のタイトルで刊行された短編集が、ボルヘスの名を世界に広める出世作となった。

巻頭の「トレーン、ウクバール、オルビス・テルティウス」は、実在の人物と架空の人物、実在の書籍と架空の書籍を交錯させ、随所に怪しげな哲学的議論を織り交ぜながら、鮮やかなプロット展開で現実と虚構の境界を破壊するボルヘスの小説作法を明確に打ち出している。冒頭で語り手の「私」は、「ビオイ・カサーレス」なる人物との対話を通して『ブリタニカ百科事典』に記載されたウクバールの存在を知り、後には、その国の文学にトレーンという架空の地域が登場することまで突き止める。当時の短編小説としてはこれだけでも奇抜な展開だが、語り手の父の友人という人物の遺品から『トレーン第一百科事典』なる書籍が発見されると、完全な唯心論に支配されたトレーンの実態が詳細に伝えられ、次第に読者はその迷宮に飲み込まれていく。きわめつきは、この後に続く「一九四七年の追記」（この作品が発表されたのは一九四〇年）であり、それによれば、架空の地であったはずのトレーンはすでに現実世界に足跡を残しはじめているという。文化的教養のない読者ははじめからはねつけられるだろうが、衒学《げんがく》的要素に惑わされずに語り手の叙述と論理的な物語展開を受け入れる素養を備えた読者は、虚実の交錯する物語に翻弄された末、現実世界を侵食しかねない虚構世界の脅威を前に、マセドニオの提唱した喪失感や酩酊に囚われるだろう。

『ドン・キホーテ』と一字一句変わらない作品を現代世界でもう一度書いてみる男を主人公にした「『ドン・キホーテ』の作者ピエール・メナール」や、書籍の内容や日々の出来事はもちろん、木の葉の位置まで含めてあらゆるものを覚える記憶力の男を登場させた「記憶の人フネス」など、『伝奇集』に収録された短編は、膨大な知識と冷徹な論理を支えに、日常生活からかけ離れた規則と論理に支配された空想世界を突きつけることで、読者の世界観を揺るがし、現実世界に対する疑念を引き起こす。知的遊戯と言ってしまえばそれまでだが、その根底にあったのは、完璧《かんぺき》なプロットに貫かれた純粋フィクションの構築によって、アルゼンチンの危機的現実にかわる絶対確実な秩序を得ようとする一途《いちず》な思いだった。

その意味では、人間的要素を極限まで排したボルヘスの短編は、非人間的な文学ではなく、自らの生きる脆弱な現実世界をさらに揺るがせてその基盤を崩し、逆説的なかたちで不安を乗り越えようとする人間的な感情の表れだったと言えるだろう。一九四〇年代後半以降ボルヘスのライバルと目されるようになったエルネスト・サバトは、一見数学的論理だけで机上の空論として殺人事件を練り上げたように見える短編「死とコンパス」の表面的ストーリーの裏側に、死と消失の恐怖に怯える人間ボルヘスの姿を見出した。そして、そこにこそボルヘス文学の真価があるとまで言っている。

アルゼンチン幻想文学の完成形――ビオイ・カサーレス『モレルの発明』

ボルヘスの強い影響を受けたビオイ・カサーレスは、時に師の影同然の扱いを受けることはあったものの、アルゼンチンのエリート作家に共通する消失の恐怖に対して、ボルヘスとは違う姿勢で創作に臨み、独自の幻想文学に到達した。

「トレーン、ウクバール、オルビス・テルティウス」で、「鏡とセックスは人間の数を増やすがゆえに忌まわしい」という似非《えせ》引用を披露する役を与えられたビオイは、三面鏡の内側で無限に反復される映像をヒントに、人間を寸分たがわず三次元に複製する機械を考案し、敬愛する作家H・G・ウェルズにオマージュを込めて、この複写機をもとにSF的小説を書こうと思い立った。『モロー博士の島』にならって舞台を島に設定し、モレル博士（名前がモローに近いのは偶然ではない）の発明した機械によって映写される人間の一団を配したうえで、ここに圧政の迫害を逃れた語り手を送り込むことで、プロットの大枠はできあがった。実体験の投影から構成の厳密さを崩すことのないよう、舞台に太平洋の孤島、モレルの一団にフランス系カナダ人、逃亡者にベネズエラ人と、いずれも自分と接点のない要素を選び、ボルヘスのアドバイスに従って、細部のすべてがプロット展開に寄与するよう、不要な逸話や脱線を徹底的に排除しながら執筆を進めるうちに、アルゼンチン幻想文学の記念碑的傑作『モレルの発明』（一九四〇）が完成した。

マセドニオの提唱したアンチリアリズムと純粋フィクションの理念を受け継ぎながらも、ボルヘスのような博識に欠けたビオイは、師たちのアンチセンティメンタリズムに逆らって人間的感情を作品に取り入れた。とりわけその中心に、ボルヘス文学にはほぼ皆無とすら言える要素、「愛」を据えることで新たな創作の境地を開いた。迫害を逃れて命からがら無人島に到達した語り手は、「少なくとも自分と同じくらい本物」の人間ではあるが、自分に対して妙な反応しか示さない一団と接触し、やがてその一人、フォスティーヌに猛烈な恋心を抱く。この不思議な一団が、モレルの機械によって実世界での命と引き換えに永遠に反復される映像となった事実を突き止めると、語り手はフォスティーヌとの愛を成就するため、自らも映像となって一団と同化する方法を模索する。

マセドニオの言う読者の「登場人物化」を実現するためには、読者を現実世界から引き離して作品内に取り込む必要があるが、ボルヘスが読者の知性や知識欲を刺激することでこれを達成したのに対し、ビオイはあえて読者の感性や情緒に訴える道を選択した。冒頭から「奇跡」を起こし、愛を中心に、孤独や恐怖といった語り手の感情を通して、ビオイは巧みに読者を物語に引き込み、そのうえでどんでん返しを引き起こす。

ツヴェタン・トドロフの『幻想文学論序説』でも論じられているとおり、西欧の幻想文学では、論理と理性に支えられた秩序ある世界に生きる一般市民、いわゆる「普通」の範疇を逸脱しない人物が語り手となり、異世界へ踏み込んでさまざまな冒険を経た後、日常的世界へ帰還したところで物語の幕が下ろされる。『モロー博士の島』においてもこの構図は同じで、語り手プレンディックは揺るぎない理性を備えた人物であり、グロテスクな動物人間としばらく共存した後、島からの脱出に成功して安定した日常生活を回復する。

ところが、『モレルの発明』の語り手は、最後まで堅固な日常世界を取り戻すことなく、映像人間と同化して異世界に姿を消してしまう。語り手の後をつけて異世界へ踏み込む読者は、ここで物語の内側に取り残され、現実と虚構の間で不思議な喪失感、酩酊を味わうことになる。この感覚についてエルネスト・サバトは、実はこの物語を読む我々こそモレルの機械に映し出された映像にほかならないのではないかと思われてくる、という言葉で表現しているが、確かに『モレルの発明』には、読者を虚構世界に取り込んで、現実世界全体を虚構に見せるような構造ができている。

フィクションによって現実世界全体を虚構化し、むしろそこに生まれる虚構世界に救いの場を求めるというビオイのヴィジョンは、アルゼンチン幻想文学に通底する志向の体現でもあった。

アルゼンチン幻想文学のその後の展開――フリオ・コルタサルの登場

アルゼンチン幻想文学の頂点をきわめた『伝奇集』と『モレルの発明』以降も、ボルヘスは『エル・アレフ』（一九四九）、『創造者』（一九六〇）、『砂の本』（一九七五）といった短編集でその類稀《たぐいまれ》な才能を発揮し続け、ビオイも『脱獄計画』（一九四五）、『英雄たちの夢』（一九五四）、『日向《ひなた》で眠れ』（一九七三）といった長編小説で独自の路線を進むなど、雑誌『スール』のグループを中心に、アルゼンチン幻想文学の活況は続いた。

一九四〇年代まで、こうした斬新な文学作品は、一部の例外を除き国外に知られることがなかったが、やがて『スール』の作家たち、とりわけビクトリア・オカンポがロジェ・カイヨワと親交を深めると、ガリマール社のシリーズ「南十字星」などを通して彼らの創作が仏訳されることになり、ボルヘスやビオイの作品が、モーリス・ブランショなど著名作家・文芸批評家の目にとまった。そして一九五〇年代には、アストゥリアスやカルペンティエールに代表される、いわゆる「魔術的リアリズム」の文学とともに、アルゼンチン幻想文学が世界へ知れ渡っていった。

後に、ガルシア・マルケスの成功によって、「魔術的リアリズム」のほうが用語として圧倒的に有名になったため、一部にはアルゼンチン幻想文学までこの範疇に含める議論も現れたが、ここで両者をしっかり区別したうえで、実は後者が前者を凌駕する可能性すら秘めていたことを指摘しても蛇足とはなるまい。

魔術的リアリズムもアルゼンチンの知的幻想文学も、両大戦にともなう西欧の没落やアヴァンギャルドの隆盛、ラテンアメリカ内部でのナショナリズムの台頭、その他の諸要因によって、ヨーロッパに対するラテンアメリカの文化的従属が崩れたことと大きくかかわっている。

さまざまな地域で、西欧文学とは異なる独自の文学に向けた動きが起こるなか、カルペンティエールやアストゥリアスは、黒人やマヤ・インディオの土着文化、その「驚異的現実」を基盤に西欧文学を凌ぐ文学を打ち立てようとした。後に魔術的リアリズムと呼ばれる彼らの文学は、ヨーロッパ人に未知の世界を開示し、理性的・科学的視点に狭められた現実観念を拡大することにはなったものの、その作品に「驚異的」、「魔術的」といったレッテルが貼られること自体、その限界を曝《さら》け出《だ》していた。すなわち、いかにヨーロッパ的世界観を震撼《しんかん》させたとしても、魔術的リアリズムは、それを「普通」からの「逸脱」と片づける西欧中心の価値観そのものを転覆させるにはいたっていない。

これに対し、パンパの無の上に築かれたブエノスアイレスの作家たちは、ヨーロッパのみならず世界全体の文化を貪欲に吸収しながら、読者の現実認識そのものを揺さぶり、我々の生きる現実世界を虚構化する文学を目指した。ボルヘスやビオイの作品では、西欧―ラテンアメリカという対立構図が、現実―虚構という対立構図に置き換えられてその意味を失う。魔術的リアリズムが現実世界に依拠した「リアリズム」であったのに対し、アルゼンチン幻想文学は現実世界を虚構化するという意味で「アンチリアリズム」であり、そこに取り込まれる読者は、西欧、ラテンアメリカといった区別なく、世界認識そのものを覆されることになる。

その意味では、アルゼンチン人作家として自国の幻想文学を踏まえつつ、一九五一年以降はパリでラテンアメリカ文学全体の動向を意識しながら創作を進めていたフリオ・コルタサル（一九一四～八四）は、両者を統合する役回りの作家と位置づけられよう。コルタサルは、一九四六年にボルヘスの主宰する雑誌『ブエノスアイレス年報』に代表作の一つ「奪われた家」を発表して以来、五一年『動物寓話集』、五六年『遊戯の終わり』、五九年『秘密の武器』と、数年ごとに短編集を刊行し、ラテンアメリカを代表する短編小説作家という地位を確立していった。

『スール』にエッセイや書評を寄稿し、そのグループと交流もあったコルタサルだが、幼少期からエドガー・アラン・ポーの小説に親しみ、アルフレッド・ジャリやロートレアモン、アントナン・アルトーやジャン・コクトーといった前衛的な作家を吸収して築き上げたその創作理念は、ボルヘスやビオイのアンチリアリズムとは一線を画していた。一九四五年に書き上げられた『対岸』（単行本としては九五年に死後出版）や『動物寓話集』から、夢や空想が随所に盛り込まれ、変身や幽体離脱、登場人物の入れ替わりや時空間のねじれ、偶然の一致といった、怪奇幻想文学に頻出するテーマが見られるが、基本的にコルタサルは、キャリアの最初から現実世界に片足を残した作家だった。『対岸』というタイトルに含意されているとおり、コルタサルにとって短編小説とは、現実世界の向こう側にある「もっと謎めいた深遠な世界」に到達する手段であり、現実と夢、実世界とフィクションの境界を打ち破るための「秘密の武器」だった。その意味では、一九六四年の増補第二版以来『遊戯の終わり』の冒頭を飾る名作「繫《つな》がった庭」（邦題は「繫がっている公園」だが、この場合の parque は庭のこと）は、コルタサル文学のマニフェストとでも評すべき作品であり、このわずか二ページほどの短編のなかで、物語を読むという行為を通して現実世界と虚構世界が結合する。

同様に、「アホロトル」（邦題は「山椒魚《さんしょううお》」だが、原題はウーパールーパーを指すナワトル語）では、水槽のガラスに隔てられた少年とアホロトルが物語の進行とともに入れ代わり、また、

「夜、あおむけにされて」では、交通事故で脚を負傷した男が、アステカ族の捕虜として生《いけ》贄《にえ》に捧げられる夢にうなされ続けた挙げ句、最後には夢から抜け出せなくなる。ウーパールーパーとの対面もバイクでの交通事故も、パリ生活におけるコルタサルの実体験だが、彼はこれを自由な想像力で飛翔《ひしょう》させて、夢と現実の溶け合う幻想的世界へ読者を導く。

その反面、同じ『遊戯の終わり』には、「殺虫剤」のように日常的事件の域を出ないリアリズム的短編も含まれている。また、幻想的要素をほぼ完全に排して、たわいもない子どもの遊びから生まれる超然的な美を描き出した傑作「遊戯の終わり」を読めば、コルタサルが単に現実と虚構の行き来を楽しんでいたばかりでなく、日常的現実世界に隠された神秘や驚異に常に目を光らせていたことがわかる。彼の意図は、現実世界を虚構化することではなく、夢や幻想、神秘や驚きを取り込んで現実世界を豊かにすることにあったのだ。

コルタサルの短編小説でもう一つ特筆すべきは、ジャズマニアらしい即興の精神と遊び心に貫かれた自由闊達《かったつ》な文体だろう。その萌芽はすでに『動物寓話集』の「遥かな女」や「天国の扉」にも見て取れるが、パリに移ってからのコルタサルに絶好の文体的修練の場を提供したのは、スペインの作家フランシスコ・アヤラの依頼を受けて一九五六年に着手したエドガー・アラン・ポー全短編のスペイン語訳だった。この作業を通して短編小説の作法に習熟したコルタサルは、『秘密の武器』以降、ボルヘスやビオイの明瞭《めいりょう》簡潔かつ論理的な文体の対極にある、直感とひらめきにあふれた息の長い文章に磨きをかけていく。

独特の創作理念と文体を組み合わせて新しい短編小説を生み出したコルタサルは、やがてアルゼンチンのみならずフランスやアメリカ合衆国でもその名を知られはじめ、最終的にアルゼンチンを「ラテンアメリカ文学のブーム」に合流させる役割を果たすことになる。

新潮流のメキシコ小説

一九三〇年代末には旧態依然とした革命小説の氾濫で袋小路にはまりこんでいたメキシコ文学も、四〇年代半ばから次第に刷新の動きを見せはじめていた。ラサロ・カルデナス大統領期に革命の成果を総決算したメキシコ社会は、一九四〇年代から安定期に入り、ミゲル・アレマン大統領期（一九四六〜五二）には、メキシコシティを中心に、都市部への人口集中が加速して、小説の新興読者層と重なる都市中間層を膨らませた。

他方、政府主導の文化振興策は文学にもその成果をもたらし、大学における文学部の拡充や出版社の成長、相次ぐ文学雑誌の創刊といった事態が重なって、創作活動や文芸批評が活性化した。国内の市場だけで採算の取れる出版社が現れ、作家と一般読者の橋渡しとなる批評家層が定着するとともに、メキシコ文学界は次第に自律性を強めていく。政治・社会情勢に左右されることが少なくなった作家や批評家は、ヨーロッパへの文化的従属を断ち切ってメキシコ独自の文学を志向する一方で、原初的なリアリズムの理念を否定し、現実社会から独立した虚構世界を構築する文学ジャンルとして小説を捉え直した。

こうした状況を反映して、一九四三年にはホセ・レブエルタス（一九一四〜七六）の『人間の喪』が、オクタビオ・パスら多くの作家・批評家の賞賛を受けた。そして四七年には、革命小説との訣別《けつべつ》を明確に示したアグスティン・ヤニェス（一九〇四〜八〇）の名作『嵐がやってくる』がメキシコ小説新時代の到来を告げた。

二作に共通するのは、現実社会の模写ではなく再構築から自律した物語世界を作る創作姿勢であり、同時に、それに必要な手法の探究だった。破綻《はたん》した実験的農業共同体で洪水に襲われる人間集団を作品の中心に据えたレブエルタスは、アンドレ・マルローを手本にした語りの技法で大量のフラッシュバックを導入し、わずか数日という時間的枠組みのなかに、メキシコ革命の挫折《ざせつ》を反映する広大なスケールの悲劇を展開した。他方、ジョン・ドス・パソスの『マンハッタン乗換駅』の同時並行的な場面配置をハリスコ州の田舎町に応用したヤニエスは、カトリックの厳格なモラルに鬱屈《うっくつ》した町人の内面を暴き出し、そこに革命の鐘を鳴らして激震を引き起こしてみせた。その成否はともかく、こうした手法的探究はスペイン語圏全体に波及効果を持つメキシコ文学の重要な遺産となり、ブームの世代によるさらに大掛かりな手法的実験の下地ともなった。

フアン・ルルフォの登場

一九五一年には、作家たちの探究心と創作意欲を刺激する画期的な文学機関「メキシコ作家センター」が設立される。ロックフェラー財団から資金を受けたこの組織は、作家志望の優秀な若者への奨学金給付を主目的としていたが、金銭的支援もさることながら、さらに大きな意義は、作家同士の交流や情報交換、助言や批判の場としての機能にあった。アルフォンソ・レジェス（一八八九～一九五九）など有力な文化人の協力を得てセンターは次々と若い才能を発掘し、フアン・ホセ・アレオラ（一九一八～二〇〇一）、フアン・ルルフォ（一九一七～八六）、カルロス・フエンテス、サルバドール・エリソンド（一九三二～二〇〇六）、ホセ・エミリオ・パチェーコ（一九三九～二〇一四）、フェルナンド・デル・パソ（一九三五～）など、二〇世紀後半のメキシコ小説を代表する作家を数多く輩出した。彼らの多くが技法的習熟を支えとして後に独自の小説世界を切り開いているが、その出発点は、若くからセンターでの活動を通して世界文学の最先端に触れ、創作に必要な語りの手法を積極的に吸収したことにあった。

同じハリスコ州の出身で、生涯親友だった二人の作家、フアン・ホセ・アレオラとフアン・ルルフォは、メキシコ作家センターが生んだ最初の文学的成果だった。メキシコのボルヘスとも呼ばれたアレオラが、「転轍手《てんてつしゅ》」など奇抜な作品を含む『陰謀集』（一九五二）や『動物寓意譚』（一九五九）といった短編集で批評家の支持を得たのに対し、ルルフォは、短編集『燃える平原』（一九五三）で成功を収めた後、メキシコ現代小説の金字塔と評すべき長編『ペドロ・パラモ』（一九五五）によって、ラテンアメリカを代表する作家にのし上がった。

『燃える平原』の短編はいずれも、革命の動乱が残る農村部の不安定な社会に生きる下層民の視点から、殺人、逃亡、盗み、復讐《ふくしゅう》などの事件を描いた物語であり、比較的平易な文体と形式を特徴としていたが、『ペドロ・パラモ』は、短めの長編ながら、物語の構想は大きく、しかも複雑な形式のため、一読しただけで理解するのは難しい。

当初この小説のタイトルが「ささやき」となる予定だった事実が示しているとおり、作品は六九の独白的断片で構成されており、多くの批評家はここに『死の床に横たわりて』や『響きと怒り』の影響を見て取った。だが、ルルフォ自身は、この時点でウィリアム・フォークナーの小説を読んだことはなかったと後に断言し、手本とした作家はアイスランドのハルドル・ラクスネスやスイスのシャルル・フェルディナン・ラミューズだったと述べたこともある。いずれにせよ、時系列を完全に無視したこの語りは偶然の産物でも単なる遊戯の結果でもなく、死に対する作者の主観的ヴィジョンを打ち出す戦略の一環だった。

父ペドロ・パラモを訪ねてやってきたというフアン・プレシアドに続いて、小説の舞台となる架空の町コマラに入っていく読者は、少しずつ死者のささやきに取り囲まれ、プレシアドの死とともに、不思議な独白の織りなす混沌《こんとん》の内側に取り残される。といっても、『ペドロ・パラモ』は物語性を欠いているわけではない。一方で死んでも死にきれない霊魂のさまようコマラの怪しい雰囲気を描きながら、他方でそのささやきを通じてコマラが「死の町」

になったプロセスを断片的に再現していくところに、この小説の大きな特徴がある。

知略と暴力によって貧農からコマラのボスにのしあがるペドロ・パラモ、その息子で手当たり次第に女を犯すミゲル・パラモ、コマラ住民の魂の救済に奔走するレンテリア神父、ペドロの心を虜《とりこ》にする狂女スサナ・サン・フアン、ささやきを通してさまざまな登場人物が甦《よみがえ》り、やがて、スサナを自分のものにすることができなかったペドロが、「手をこまねいてコマラを飢え死にさせる」いきさつが明らかになっていく。そして、コマラが死の町と化していく過程がぼんやり浮かび上がってくるとともに、なぜこの町にこれほどの霊魂とささやきが漂っているのかも明らかになる。

死が文化の根底を貫く国の文学らしく、現代メキシコ小説には、アスエラの『虐げられし人々』にはじまり、レブエルタスの『人間の喪』を経て、カルロス・フエンテスの『アルテミオ・クルスの死』(一九六二)にいたる「死のリアリズム」の伝統が脈々と流れている。幼少から川端康成《かわばたやすなり》にも劣らぬほど親族の死につきまとわれたルルフォも、生涯を通して死と向き合い続けた作家の一人だった。『ペドロ・パラモ』は「死のリアリズム」の一つの完成形であり、断片的形式を通して再現される物語の内容がその断片的形式を正当化するという緊密な構成のなかで、ルルフォは死に対する強迫観念を見事に具現化した。バルガス・ジョサが、新しいラテンアメリカ小説のあり方として打ち出した「主観的世界の客観化」は、ここにほぼ完璧なかたちで実現されている。

『ペドロ・パラモ』がメキシコにおける「大地の小説」にピリオドを打つと同時に、ルルフォ自身が、読者の期待を一身に背負いながら、これ以降小説を刊行しなかったのも、むしろ当然のなりゆきだったかもしれない。農村部を舞台に、これほど限られたページのなかで、これほど強烈に主観的ヴィジョンを打ち出しえた小説は世界文学にも例が少なく、その完璧さの前に誰もが同じテーマに尻込《しりご》みするようになったのだ。

以降、メキシコ小説のみならず、ラテンアメリカ小説の舞台は都市へと移っていく。そして、先人たちの手掛けた手法的探究の蓄積を土台に、肥大しつつあったメキシコシティと正面から向き合って新たな創作を切り開き、「ラテンアメリカ文学のブーム」のはじまりを告げたのが、怖いもの知らずの若者カルロス・フエンテスだった。

第3章　ラテンアメリカ小説の世界進出
——「ラテンアメリカ文学のブーム」のはじまり

1959年のキューバ革命を主導したチェ・ゲバラ（左）とカストロ。革命はラテンアメリカの小説家たちに衝撃を与え、その後の歩みにも影響を及ぼした

カルロス・フエンテスと『澄みわたる大地』の衝撃

一九五八年五月にメキシコのフォンド・デ・クルトゥーラ・エコノミカ社から出版されたカルロス・フエンテスの処女長編小説『澄みわたる大地』は、現代ラテンアメリカ小説の重要な分岐点であり、いわゆる「ブーム」の出発点として、ラテンアメリカの作家たちに世界文学への道を開く記念碑的作品となった。この小説によってフエンテスは、メキシコ革命小説のサイクルを閉じ、いわゆる「大地の小説」を過去の遺産として葬り去るとともに、すでに各地で散発的に発生していた都市小説の潮流を強力に後押しして、ラテンアメリカ小説の方向性を決定づけた。『澄みわたる大地』は、一九四〇年代以降メキシコ文学で進んできた形式的刷新の集大成であり、手法的探究を通して文学表現の幅を広げる現代小説のあり方を示すことで、小説の新たな可能性を模索していた新世代に恰好《かっこう》の手本を提供した。メキシコのホセ・エミリオ・パチェーコやフェルナンド・デル・パソ、セルヒオ・ピトル、チリのホセ・ドノソ、ベネズエラのアドリアノ・ゴンサレス・レオン（一九三一〜二〇〇八）、ニカラグアのセルヒオ・ラミレス（一九四二〜）など、この作品に受けた刺激を創作の糧とした作家は多い。

『澄みわたる大地』の舞台は、一九四〇年代後半から五〇年代前半、すなわち、革命政策を修正してアメリカ合衆国寄りの資本主義経済成長路線を打ち出したミゲル・アレマン大統領期のメキシコシティであり、農村部からの人口流入とともに都市が急速な拡大を遂げた時期と重なっている。

登場人物は、作品の冒頭に付された表に記載されているだけで八四人にのぼり、中心的な役割を果たす成金のフェデリコ・ロブレス、作家志望の小役人ロドリゴ・ポラ、当時の文壇をリードしていた詩人オクタビオ・パスを彷彿《ほうふつ》とさせる新進気鋭の知識人マヌエル・サマコナらを筆頭に、新興ブルジョワ、没落貴族、家政婦、スラム街の貧民、タクシー運転手、娼婦《しょうふ》、新聞売りの少年、出稼ぎ労働者など、多種多様な年齢と社会階層にまたがるほか、パンチョ・ビジャやアルバロ・オブレゴンのような実在の歴史的人物も時に顔を出す。フエンテスは、膨大《ぼうだい》な数の登場人物を作品内に取り込み、その行動と心理を内側と外側から描き出しながら首尾一貫した物語を作り上げるため、場面並置の構成やフラッシュバック、内的独白や地の文への台詞《せりふ》の挿入など、ありとあらゆる手法を駆使して小説の骨組みを作り上げている。手法的探究でとくに参照した作家として彼は、フォークナー、ドス・パソス、オルダス・ハクスリー、D・H・ロレンス、ジョイスといった名前を挙げているほか、ルルフォを中心としたメキシコ小説の新たな潮流や、オクタビオ・パスに代表されるメキシコ・アイデンティティ追究の文化運動にも大きな刺激を受けたと述べている。

フエンテス

『澄みわたる大地』には、全体をゆるやかに結びつける人物として神出鬼没のイスカ・シエンフエゴスが登場し、多様な人物の命運を見届けた後に彼がメキシコシティと一体化するところで物語は結末にいたるが、そこに明確なメッセージや作者の信条表明などは求めるべくもない。ドノソが羨望《せんぼう》をこめて述べたとおり、『澄みわたる大地』は「問い自体が答えとなる」小説であり、手法的探究のみならず、複雑なメキシコシティの現実に向けられた探究自体にその本質がある。ガジェゴスのように物語を通して特定のイデオロギーを打ち出す姿勢と無縁だったのはもちろん、カルペンティエールの小説にもしばしば見られたアレゴリー性ともフエンテスは訣別し、小説というジャンルを「疑わしいもの、探究されているものへの言及」、「真実を見出す試み」という意味での「シンボル」と捉え直した。手法的探究と内容的探究、この二つを組み合わせることでフエンテスはラテンアメリカ小説に新機軸をもたらしたのだった。

先行する『失われた足跡』や『ペドロ・パラモ』は、商業的成功や世界的名声に到達するまで数年を要したが、『澄みわたる大地』は出版直後からメキシコ内外に大きな反響を呼び、一部では「インスタント・クラシック」と呼ばれるまでになった。メキシコでは、エマヌエル・カルバージョ、ホセ・エミリオ・パチェーコといった作家・批評家が有力新聞や雑誌の書評に賛辞を寄せ、作品の売り上げを伸ばす原動力となった。また、フォンド・デ・クルトゥーラ・エコノミカ社はこの時点でまだ国外における強固な販売網を確立していなかったにもかかわらず、いわゆる口コミや手渡しを中心に、『澄みわたる大地』はスペイン語圏全体の読者に浸透した。当時『戴冠《たいかん》』（一九五八）でささやかな成功を収めたばかりだったドノソがこれを読んで驚愕したほか、幻想的短編小説作家として地歩を固めつつあったフリオ・コルタサルも、まだ面識のなかったフエンテスに熱のこもった手紙を送っている。

そしてフエンテスは、高いフランス語と英語の能力や持ち前の人脈を頼みに、カルペンティエールよりいっそう巧みに自作を売り込み、外国語への翻訳契約を取りつけていった。その販売戦略はとくにアメリカ合衆国で成功を収め、一九六〇年に『澄みわたる大地』の英語版がニューヨークで出版されて以来、六一年に『良心』（一九五九）、六四年に『アルテミオ・クルスの死』（一九六二）が英訳出版されるなど、作を重ねるごとにラテンアメリカを代表する作家としての名声を高めていく。

ラテンアメリカ小説の売り込み――牽引車としてのフエンテス

フエンテスの成功は、ラテンアメリカ文学にとって願ってもない天恵だった。敏腕外交官の息子としてパナマに生まれたフエンテスは、祖国メキシコのほか、高校卒業までにエクアドル、ウルグアイ、ブラジル、チリ、アルゼンチンといったラテンアメリカ諸国、さらにはアメリカ合衆国での生活も経験し、広い視野で世界の芸術・文化に接する特権的な思春期を過ごしている。スイス留学を経て、一九五二年にメキシコに落ち着くと、父の交友を頼りに、アルフォンソ・レジェスやオクタビオ・パス、ルイス・ブニュエルといった知識人・芸術家と親交し、『半世紀』、『メキシコ大学』、『メキシコの文化』といった文芸雑誌に協力して文化活動を盛り上げた。

短編集『仮面の日々』（一九五四）の出版前後からメキシコ文壇の寵児《ちょうじ》となったフエンテスは、女優リタ・マセードを妻に娶《めと》るなど、さまざまな意味で型破りな存在だった。堅苦しくスーツを着込んだ生真面目な知識人という、それまで流布していた作家のステレオタイプを一新したのだ。服装や香水に気を配っていつもお洒落《しゃれ》に着飾るばかりか、自宅で盛んにパーティーを開いて知識人たちに交流の場を提供し、流行のマンボも軽やかに踊れば、エレガントに女性も口説く彼は、まさに新時代の幕開けを告げるラテンアメリカ作家だった。

だが、こうした一見軽薄で派手な私生活を送りながらもフエンテスは、その裏で停滞期に差しかかっていた欧米文学の現状をしっかりと見据え、自らの作品のみならず、メキシコ文学、さらにはラテンアメリカ文学全体を世界に向けて売り込んだ。

先見の明の一端を示すのが、他のラテンアメリカ作家に先駆けて文学エージェントの重要性に目をつけ、まず一九六〇年にニューヨークのカール・ブラントと、さらに六六年には、ブームの仕掛け人カルメン・バルセルスと契約を交わしたことだろう。ドノソも回想しているとおり、フエンテスは、作家が自作の売り込みに奔走するなどみっともないという当時の固定観念を完全に打ち破り、積極的な宣伝活動でラテンアメリカ文学の可能性を広げた。文芸評論の場で頻繁に同時代のラテンアメリカ作家を称賛し、エージェントを焚《た》きつけるのも巧みだった彼は、ドノソやコルタサルの英訳出版に重要な役割を果たしたばかりか、後には『百年の孤独』の売り込みにも一役買うことになる。

ガルシア・マルケスと並んで、一九五九年のキューバ革命勃発にいち早く反応し、真っ先にハバナへ駆けつけたのもフエンテスだった。翌年には、アレホ・カルペンティエールやホセ・レサマ・リマ（一九一〇〜七六）と親交したほか、革命政府の最重要文化機関となったカサ・デ・ラス・アメリカスにも協力したフエンテスは、これを機にラテンアメリカが一つにまとまってアメリカ合衆国に対抗する必要を強く意識し、作家たちに国境を越えた連帯感を植えつけようと精力的に活動をはじめた。一九六二年にチリのコンセプシオンで開かれた知識人会議や、一九六五年にメキシコのチチェンイツァーで開催された同様のシンポジウムもその一環であり、ドノソやガルシア・マルケスといった作家を巻き込んだ場で、彼はキューバ革命を軸にしたラテンアメリカ作家の団結を繰り返し呼びかけた。

ガルシア・マルケスはもちろん、当初から革命の動向に注目していたバルガス・ジョサや、政治にほとんど関心のなかったコルタサルまでキューバへ引き寄せられたのは、フエンテスの尽力によるところが大きい。その意味で、革命を旗印に作家たちが一枚岩となって創作活動や政治活動に乗り出す土台を作ったのはフエンテスだった。

こうした事実を見れば、ラテンアメリカ内における文化的障壁を取り払いつつ、同胞たちを世界市場に向けて売り出した彼に与えられた「ラテンアメリカ文学最大のプロモーター」という称号が、決して過大評価でなかったことは明らかだろう。

出版業界の活況――ラテンアメリカ小説を支える出版社

作品自体の価値を減ずるわけではないが、『澄みわたる大地』の成功が、メキシコのみならず、ラテンアメリカ全体の文学市場の活況に支えられていた点は付記しておいていいだろう。

一九三五年から本格的に書籍の出版に着手した半官半民の出版社フォンド・デ・クルトゥーラ・エコノミカは、五二年、アルフォンソ・レジェスの『詩集』を第一巻に、「レトラス・メヒカーナス」のタイトルで、メキシコ文学に特化した廉価版のシリーズを立ち上げ、一点三〇〇〇部から五〇〇〇部という、当時としては大掛かりな規模で販売を開始した。オクタビオ・パスやアグスティン・ヤニェス、フアン・ルルフォといった作家を擁したこのシリーズは好評を博し、パスの評論『孤独の迷宮』やルルフォの『燃える平原』と『ペドロ・パラモ』、ルイス・スポータ（一九二五～八五）の政治小説『ほとんど楽園』（一九五六）といった作品が数年ごとに増刷になるなど、売り上げ面でもかなりの実績を上げた。『澄みわたる大地』の初版もこのシリーズから発売されており、その大成功を受けて、同じシリーズから翌五九年に出版された『良心』には、初版から一万部が準備された。

人口増加や教育レベルの向上が重なって都市には好奇心旺盛《おうせい》な読者層ができており、これが文学作品の売り上げを後押ししていた。また、スペイン内戦とフランコ独裁政権成立以降、スペインから出版活動に詳しい知識人が大挙してメキシコに亡命したこともあって、出版社の起業も活発化し、一九六〇年にエラ社、六二年にホアキン・モルティス社と、後のラテンアメリカ文学に重要な役割を果たす出版社が相次いで設立された。すでに期待の新鋭となっていたフエンテスは、長編『アルテミオ・クルスの死』を「レトラス・メヒカーナス」から、中編『アウラ』をエラ社から、同じ一九六二年に出版している。

似たような状況は、メキシコに限らずラテンアメリカ各地で生じていた。『良心』が刊行された一九五九年、アルゼンチンでは、スダメリカーナ社から出版されたコルタサルの短編集第三弾『秘密の武器』が、編集者はもちろん、作者まで驚愕させるほどの成功を収めた。一九五一年に初版二〇〇〇部で出版された処女短編集『動物寓話集』は、半年で五ドルにも満たない額の印税しかもたらさなかったことをコルタサル自ら書簡に記しているとおり、発売後数年間の売れ行きがきわめて悪く、スダメリカーナ社が短編集第二作『遊戯の終わり』の出版を見送ったほどだったが、まだ彼の世界的名声が確立されていない時期だったにもかかわらず、『秘密の武器』は初版三〇〇〇部が短期間で完売するヒットとなった。

ゴリ押しのようなかたちでこの短編集の出版を編集長に認めさせた敏腕編集者フランシスコ・ポルアは、この後もコルタサルの作品を刊行し続け、六二年に文学部門のトップに抜擢《ばってき》されると、大ヒット作『石蹴り遊び』（一九六三）の出版へ向けた煩雑《はんざつ》な作業に自ら率先して乗り出した。スダメリカーナ社は、他にもマヌエル・ムヒカ・ライネス（アルゼンチン、一九一〇〜八四）などの売れ筋作家を発掘し、ライバルのロサダ社も、ビオイ・カサーレスやダビド・ビーニャス（アルゼンチン、一九二七〜二〇一一）らの作品で売り上げを伸ばすなど、政情不安が続くなか、アルゼンチンの出版社は着実に文学愛好家を増やしていた。

同様の読書熱はコロンビアでも沸き起こっていた。一九五九年六月、作家エドゥアルド・カバジェロ・カルデロン（一九一〇〜九三）の指揮のもと、ボゴタで開催された第一回「コロンビア・ブックフェスティバル」では、トマス・カラスキージャ（一八五八〜一九四〇）やホセ・エウスタシオ・リベラらを含むコロンビア文学の代表作がわずか五日間で三〇万部も売れ、さらに同年開かれた第二回における売り上げは三五万部に達した。このフェスティバルを機に『落葉』の再版に成功したガルシア・マルケスも、「この無鉄砲な文化的実験に対するコロンビア人読者の衝撃的反応」に感服し、当時の新聞記事にその驚愕を記している。一九六〇年には、文学の商業化を目指してボゴタにテルセル・ムンド社が設立され、最初の数年で四〇ものタイトルを平均三〇〇〇部の版で売り出すなど、確実に文学読者の裾野を広げていった。

また、ペルーでも作家マヌエル・スコルサ（一九二八〜八三）が特筆すべき成果を上げていた。この活動については、カルペンティエールがインタビューで言及しているほか、バルガス・ジョサも自伝『水を得た魚』の一段落を割いている。作家としては、左翼的政治信条を露骨に作品に盛り込み、旧態依然としたリアリズムの理念に縛られ続けていたせいで「大地の文学」を超えられなかったスコルサだが、編集者としては如才なかったらしく、一九五〇年代末にペルーの古典や新人作家などを織り交ぜて廉価版のシリーズを創設すると、ペルーのみならず、コロンビアやエクアドル、ベネズエラでもブックフェアを主催して、一年ほどの期間に累計一〇〇万部にのぼる売り上げを出したとも言われている。原稿料の踏み倒しや印税のごまかしなど、あれこれ疑惑が指摘された企画ではあるが、文学を広く浸透させるのに一役買ったことは間違いない。

ラテンアメリカのこうした動きを、スペインの出版社も指をくわえて傍観していたわけではない。フランコ独裁政権下における作家の大量流出や厳しい検閲制度のせいで、一九四〇年代、五〇年代を通して文学関係の出版活動は冷え切っていたが、六〇年前後から監視の目は少しずつゆるみはじめていた。

一九五八年に初めてマドリードを訪れたバルガス・ジョサは、リマより劣るその低い文化水準に驚いたと後に証言しているが、首都の出版業こそ相変わらず低調だったものの、一九五五年に「ビブリオテカ・ブレベ」の名で文学コレクションを立ち上げたセイス・バラル社や、一九五九年設立のプラサ&ハネス社を筆頭に、先進的なバルセロナの新興出版社は、次第にラテンアメリカ作家の動向に目を光らせるようになった。そして事実、ダイアモンドの原石は各地に散らばっていた。

バルガス・ジョサ『都会と犬ども』のビブリオテカ・ブレベ賞受賞

一九六二年のある日、「ビブリオテカ・ブレベ」の創始者の一人だった編集者カルロス・バラルは、書庫に眠っていた不採用原稿の山を何気なく探りはじめ、三番目に手にした草稿の書き出し「―〈「四だ」ジャガーが言った〉―」に興味を覚えて読みはじめた。「たった数ページで世紀の大発見をしたことに気づいた」と後にバラルが回想したこの小説の作者はマリオ・バルガス・ジョサ、パリ在住のペルー人だというので、勢い込んで訪ねていくと、場末の古びたアパートから出てきたのは、口髭《くちひげ》の目立つ「タンゴ歌手のような」男だった。この「疑り深い目つき」の若いペルー人とそのまま長時間話し込んだバラルは、セイス・バラル社の看板企画だったビブリオテカ・ブレベ賞に草稿を提出する約束を取り付け、目論見どおりこの作品を六二年度、第五回の受賞作とすることに成功した。

バラルの手腕で首尾よく検閲をかいくぐり、翌年にこの小説、『都会と犬ども』が出版されると、スペイン語圏全体を巻き込む大ヒット作となった。五九年以来パリで妻フリアとつましく暮らしていたバルガス・ジョサは、これで一躍ラテンアメリカ文学の旗手となり、同時に、「ラテンアメリカ文学のブーム」の新展開を告げた。

『都会と犬ども』の出発点となったのは、バルガス・ジョサが思春期の二年間を過ごした軍士官養成学校レオンシオ・プラド校の野蛮な暴力的世界であり、この体験については自伝『水を得た魚』第五章に詳しく記されている。とはいえ、小説の主眼は、軍人学校での身の毛もよだつほど恐ろしい体験を再現することにはなく、国内各地から生徒の集まるこの閉鎖的・抑圧的教育機関を「ミクロコスモス」として、そこにペルー社会全体の緊張と矛盾を投影することにあった。

サルトルが唱えるアンガージュマンの思想（作家や知識人に社会運動への参加を促す動き）にかぶれ、現実世界の批判的再構築や社会問題の告発を目指したバルガス・ジョサは、基本的にコルタサルやボルヘスの対極に位置する作家であり、「チャック・モール」や『アウラ』のような中・短編小説では幻想的要素を取り込むこともあったフエンテスより、さらに徹底したリアリズムの姿勢を貫いていた。そして、フエンテスと同じく「全体小説」を志向しながらも、創作の範囲を軍人学校とその周辺に限定することで、作品を一つの有機的構造体としてまとめ上げ、『澄みわたる大地』のように、本筋と無関係に展開する部分や装飾的な役割しか果たさない細部が増殖して全体の統一を崩す事態を避けることができた。フエンテスも長編第三作『アルテミオ・クルスの死』では、貧農から国政を左右

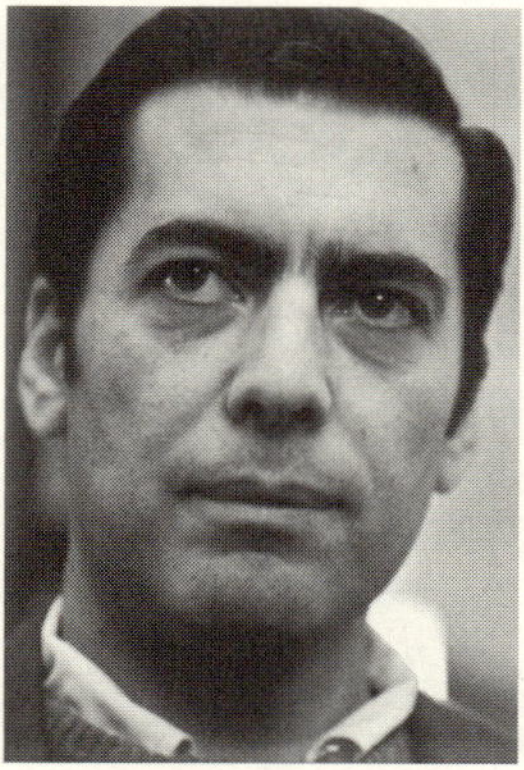
バルガス・ジョサ

する大実業家に成り上がった人物を中心に据えて、そこから二〇世紀前半のメキシコ史を再現しているが、一つのミクロコスモスを通して社会全体を再構築する手法は、複雑なラテンアメリカ社会の文学的表象を打ち出す際にきわめて有効に機能した。

実体験を想像力で脚色して作品に取り込み、そこに社会の批判的縮図を作り出す試み自体は、すでに「大地の小説」にも見られたリアリズム的文学の基本指針であり、とくに目新しい発想ではない。だが、バルガス・ジョサは、「現実が凍りつかぬようありとあらゆる手法を講じて臨場感を醸し出す」姿勢を徹底することで、ラテンアメリカ文学におけるリアリズムを刷新した。「大地の小説」にしばしば見られたように、衝撃的な挿話や物珍しい風物をことさら強調するのではなく、自慰競争、獣姦《じゅうかん》、決闘といった過激な場面を扱う時ほど手法的工夫を凝らして読者への刺激を和らげ、すべてを書き尽くそうとするのではなく、事件の要《かなめ》とすら思われる部分まで大胆に省略して読者の想像力に委《ゆだ》ねた。当初一五〇〇ページあったという草稿を現在流通しているサイズまで削ったことからもわかるとおり、『都会と犬ども』には体系的に省略の技法が導入され、これが物語に緊張感を生み出している。

また、ジャガーやアルベルト、ボアといった中心人物のみならず、時に正体不明になるほど多くの人物を語り手として作中に取り込み、場合に応じてさまざまな視点から事件を再現した。複数の場面並置や突発的なフラッシュバック、多視点の採用や省略の技法を実践する際にバルガス・ジョサが参考にしたのは、サルトルやマルロー、ドス・パソス、そしてとりわけ心酔していたフォークナーだったが、「ドス・パソス（スペイン語では「二歩」と同じ発音になる）どころかトレス・パソス（三歩）、クアトロ・パソス（四歩）」という冗談が飛んだほど、『都会と犬ども』の語りは斬新だった。改行とともに何の前触れもなくまったく違う場面へ飛ぶかと思えば、違った時間に属するはずの複数の場面が同時に展開し、「〜が言った」のようなト書き表現は極限まで省略されている。最初のうちは読者も戸惑うが、そこは三年もかけて練り上げた手法的研鑽《けんさん》の賜物で、読み進むうちに抵抗は薄れていく。

だが、表面上でこうした斬新な小説形式や語りを繰り出しながらも、バルガス・ジョサは決して物語性を見失うことがない。『都会と犬ども』が『澄みわたる大地』を凌ぐヒットとなったのも、ここに要因を求められるだろう。アレクサンドル・デュマやヴィクトル・ユーゴーの愛読者だったバルガス・ジョサにとって、小説の本質とはそこに展開される物語自体のおもしろさであり、これによって読者をひきつけることなしに偉大な小説は成立しない。『都会と犬ども』でも、冒頭のテスト用紙を盗み出す挿話にはじまって、そこから、学年全体を巻き込んだ外出禁止令、犯人の放校処分、「チクリ」の罪を着せられた「奴隷」ことアラナに対するジャガーの報復殺人、アルベルトの告発、学校を管理する軍人たちの対応、そして事件のもみ消し工作にいたるまで、「正義」をめぐって次から次へと話が進んでいく。巧みな省略と多視点からの語りは、作品にミステリーのような曖昧《あいまい》さ、サスペンスを生み出し、退屈させることなく読者を最後まで導いてくれる。三人の少年が同一の女性（テレサ）

と関係する設定や、いかにも尻すぼみのエピローグなど、文芸批評においていくつか問題点は指摘されたものの、この小説がスペイン語圏各地に熱狂を巻き起こしてまたたく間に増刷となり、数年のうちに一五の外国語に翻訳されたのも不思議ではない。『澄みわたる大地』と『アルテミオ・クルスの死』に続く『都会と犬ども』の成功は、ラテンアメリカ小説が完全に新たな段階に突入したことを告げていた。一言でいえばそれは、「作家の専門職化」に尽きるだろう。五〇〇ページを超える長編のなかに一つの社会全体を反映するストーリーを盛り込み、視点操作や場面転換などにかかわる多様な手法を駆使して全体の構造を整える、こんな作業は他の仕事の片手間に行ってできるものではない。

リベラやガジェゴスに代表される「大地の小説」の実践者たちは、基本的にみな政治家やジャーナリスト、医師、弁護士といった本業を抱えており、その息抜きとして小説を書いていただけだったが、それでは読者の要求に応えられなくなっていたのだ。

創作への没頭という点で、バルガス・ジョサの姿勢は傑出しており、パリでインタビューを取ったエレナ・ポニアトウスカ（メキシコ、一九三二〜）に、「（彼の前では）カルペンティエールですら言葉選びばかりに終始する頭でっかちにしか見えない」、カルペンティエールが作家のプロだとすれば、バルガス・ジョサにとって「文学とは人生にほかならない」とまで言わしめたほど、彼は全身全霊を文学に捧げ、一日八時間、時には一〇時間も執筆に打ち込んだ。これは、作家たちが金銭的不安なしに執筆に打ち込める環境が整ったという意味ではない。それどころか、ブームが沸き起こっていた一九六〇年代後半でさえ、彼らの大半は食い扶持《ぶち》稼ぎに多くの時間を取られていた。

だが、重要なのは「本業」に対する見方の変化だった。フエンテスやバルガス・ジョサはもちろん、後にはガルシア・マルケスやドノソも繰り返し述べるとおり、たとえジャーナリズムや大学の教員職などに従事することがあっても、作家であるからには創作を中心に据えて他のすべてに優先させるべきだという考え方が、この頃からラテンアメリカ文学の担い手に定着していく。

バルガス・ジョサを筆頭に、ブームを代表する作家の大部分が母国を離れて成功を手にしたことはすでにあちこちで指摘されているが、それは多くの場合、創作に専念できる環境を追い求めた結果だった。

ラテンアメリカ作家の創作と交友

回想録『水を得た魚』（一九九三）に繰り返し述べられているとおり、若くして作家を志したバルガス・ジョサは、祖国ペルーの社会に作家という職業の入り込む余地はないこと、そして、仮に小説を書いたとしても出版する手立てがないことを早い段階で痛感し、ヨーロッパ行きを熱望した。

ラテンアメリカでは、読者層が厚く出版活動も盛んなメキシコやアルゼンチンでなら、国内で作家としてのキャリアを積むことも可能だが、ペルーやコロンビア、チリやパラグアイなど、文学の基盤が脆弱な国で作家として生きていくのは容易ではない。自ら作家と名乗るのは自由であっても、文学作品の売り上げが少なく、文芸雑誌や新聞の文芸欄からも実入りのいい仕事を得られないとなれば、すぐに生活費の確保という切実な問題に直面する。

未成年のまま親の承諾も得ず結婚したせいもあるが、バルガス・ジョサはリマで夫婦二人つましく暮らしていくために、大学教員の助手、ラジオ局のプロデューサー、新聞記者など、七つも仕事を掛け持ちせねばならなかった。また、ガルシア・マルケスも、一九五五年に海外特派員として出国するまでの数年間、『エル・エスペクタドール』などの新聞や雑誌で記者としての仕事に忙殺された。こんな状態で本格的な長編小説の執筆に打ち込めるわけはない。それどころか、ガルシア・マルケスが論じたとおり、新聞や雑誌に短編を寄稿しただけで安易に「作家」の肩書を手にすれば、社会から「変わり者」のレッテルを貼られて爪弾きにされるばかりか、往々にして閉鎖的で保守的な後進国の文壇に取り込まれ、それが足枷となって自由な活動を妨げられてしまう。

その意味では、一九五六年に『エル・エスペクタドール』の廃刊で送金を止められたガルシア・マルケスが、パリで極貧生活に喘ぎながらも傑作中編『大佐に手紙は来ない』を書き上げたのは、象徴的な出来事だったと言えるかもしれない。バルガス・ジョサも、パリへの到着当初はベルリッツのスペイン語講師として長時間の労働を強いられたが、ラジオ・フランスに職を得てからは、一日四時間半の仕事だけで夫婦の生活費を稼ぐことができるようになった。パリのほうが給与水準が高いのは確かだろうが、海外にいれば人目を気にせず仕事を選べるのも大きな利点だった。

ガルシア・マルケスは、一九六一年から六七年まで続くメキシコ時代に、実入りがいいという理由で、B級映画のシナリオや通俗的テレビドラマの脚本を書いたこともあった。他方、ブルジョワ家庭の出身で、祖国チリにいれば安穏とした生活を送れたはずのドノソは、俗物的なエリート階層を嫌い、また一九五〇年代には多少刷新の動きが見えていたとはいえ、相変わらず旧態依然としていたチリの文壇にも耐えられず、一九五八年に、文字通り「窒息しそうになって」無一文でブエノスアイレスへ逃げ出した。当地で初めてボルヘスを読み、ホセ・ビアンコらの仲介により『スール』のグループと接触したことで、本人も認めているとおり、ドノソの文学的ヴィジョンは決定的に変化した。

こうした自らの意志に基づく国外脱出者も多い反面、独立戦争にまで遡るほど長い政治的亡命の伝統が根づくラテンアメリカでは、軍事独裁体制の抑圧を受けて国外への逃亡を余儀なくされる作家も後を絶たない。一九三三年にパリからグアテマラへ帰国したミゲル・アンヘル・アストゥリアスは、民主的体制と独裁体制がめまぐるしく交替する国政に翻弄され続けた後、一九五四年に政権を掌握したカスティージョ・アルマスに国籍を剝奪《はくだつ》され、一九六二年までアルゼンチンとチリで亡命生活を送った。

パラグアイのアウグスト・ロア・バストス（一九一七〜二〇〇五）は、一九四七年にモリニゴの独裁政権を避けてアルゼンチンへ逃れ、保険会社に勤めるなどして糊口を凌ぎながら、一九七六年のクーデターまでブエノスアイレスに拠点を置いた。

こうした体験に苦渋がともなうことは否定できないが、似たようなかたちで一九四四年にグアテマラからメキシコへ逃れたアウグスト・モンテローソ（一九二一〜二〇〇三）も論じたとおり、亡命が結果として豊かな文学的実りをもたらすことも少なくはない。アストゥリアスは、亡命先でさまざまな作家と親交を深めたほか、すでに付き合いのあったロサダ社などから新作の発表を続けた。また、ブエノスアイレスの先進的で自由な文化環境に刺激を受けたロア・バストスも、地道に短編集などを発表し続けた後、一九五九年に長編『人の子』（邦題は『汝、人の子よ』）でロサダ社の主催する文学賞を獲得し、ブーム合流への足掛かりをつかんだ。モンテローソにしても、グアテマラ時代には、小学校も終えぬまま細々と独学で読書と創作に励むばかりだったのが、メキシコに舞台を移して文学的才能を開花させ、やがてホアキン・モルティス社やエラ社から短編集やエッセイ集を出版するまでになった。

他方、政府から外交職を与えられ、快適な外国生活を手にする作家も多い。モデルニスモの時代以来、ラテンアメリカには詩人や作家に文化担当官などの名誉職を与えて先進国への渡航を後押しする習慣があり、ルベン・ダリオにはじまってカルペンティエールにいたるまで、外交職を引き受けた作家の例は枚挙に暇がない。彼らの多くは、外側からラテンアメリカ諸国の連帯感を生み出すのに重要な役割を果たし続けている。一九五〇年代からヨーロッパ諸国を漫遊していたペルーのフリオ・ラモン・リベイロ（一九二九〜九四）は、五八年にいったん故郷のリマへ戻ったものの、六一年に外交職を与えられてパリへ戻り、以降、左翼的政権にすりよって快適な地位を守りながら、恵まれた環境で創作を続けた。

外交官兼作家の典型例とも言えるチリのホルヘ・エドワーズ（一九三一〜）は、一九五九年にプリンストンでの留学を終えた後、一九六二年に本職の外交官としてパリに赴任し、バルガス・ジョサやフリオ・コルタサルと親交を深めた。また、キューバ革命政府との確執による（本人曰《いわ》く「シベリア送りにも等しい」）左遷という色合いは強いにせよ、ギジェルモ・カブレラ・インファンテ（一九二九〜二〇〇五）も文化担当官の職を与えられて、一九六二年にベルギーのキューバ大使館勤務となった。

このような事情を踏まえて、『都会と犬ども』のビブリオテカ・ブレベ賞受賞とその出版にまたがる一九六二年から六三年における作家たちの分布図を概観してみると、メキシコシティには、すでにスペインから亡命していたルイス・ブニュエルに加えて、ガルシア・マルケス、ルルフォ、モンテローソが揃い、ブエノスアイレスにボルヘス、ビオイ、ロア・バストス、アストゥリアス、ドノソ、そして、パリにコルタサル、バルガス・ジョサ、リベイロ、エドワーズ、そしてこの三ヵ所をつなぐようにフエンテスが各地を足繁く往来する、という構図が見えてくる。

作家たちの誰もが同業者との付き合いを大事にしていたわけではないし、無関心や敵対心に貫かれた関係もあったようだが、時代ごとに少しずつ顔ぶれを変えて続くこうした作家同士の直接的交流、さらには、作品や新聞・雑誌記事を介しての間接的刺激を考慮せずして、ラテンアメリカ文学のブームの本質は理解できない。『ブームの個人史』で（とりわけ同業者に対する嫉妬心の強かった）ドノソも回想しているとおり、同国人作家の間には必然的に生じる妬みそねみも、ラテンアメリカとスペイン語という背景を共有してはいても国籍の異なる作家が相手となれば、最小限まで和らげられ、適度な刺激に満ちた快適な付き合いが生まれる。それどころか、ラテンアメリカという枠組みで、ヨーロッパやアメリカ合衆国向けに一致団結して自分たちの作品を売り込む共闘者にすらなりうる。外国へ出ることで、国内だけに通用する偏狭な文化ナショナリズムを抜け出した作家たちは、こうした交流を通してコスモポリタニズムと地域主義のバランスを保ち、自国の現実からテーマを得ながらも、ラテンアメリカ全体や欧米諸国を視野に入れて創作に臨むようになった。

『都会と犬ども』に続き、『石蹴り遊び』で旋風を巻き起こすフリオ・コルタサルも、こうした交流に影響されて「ラテンアメリカ作家」の連帯感を強く意識しはじめた作家の一人だった。

コルタサル『石蹴り遊び』のインパクト

一九五一年にパリへ移り住んで以降のコルタサルは、持ち前の英語、フランス語の能力を活かして、妻アウローラ・ベルナルデスとともにユネスコのフリーランス通訳（自由時間を確保するため、フルタイムの雇用は頑《かたく》なに拒否した）として生計を立てながら、アルゼンチンの文壇と適度な距離を保って独自の幻想文学を追究し続けていたが、五〇年代後半からはラテンアメリカ作家との付き合いを着実に増やしていった。『澄みわたる大地』の発表直後には、直接面識のなかったフエンテスに熱烈な賛辞と鋭い批判を織り交ぜて書簡を送り、パリで親しくしていたバルガス・ジョサには、『都会と犬ども』の出版に向けて激励の言葉とアドバイスを送っている。フエンテスのようにメディアを利用して大っぴらに同朋の宣伝をすることこそなかったものの、童顔ながらブーム世代の最年長者だったコルタサルは、常に後輩たちに細かく気を配り、ギジェルモ・カブレラ・インファンテやホセ・ドノソ、オスワルド・ソリアーノ（アルゼンチン、一九四三〜九七）など、彼に賞賛の手紙をもらって勇気づけられたラテンアメリカ作家は多い。

これと関係しているかどうかは定かでないが、同じ頃から彼の創作にも少しずつ変化が見られるようになる。後に本人自身も認めているとおり、『秘密の武器』に収録された中編「追い求める男」は、コルタサル文学の新たな段階を告げる作品だった。それまでの彼は、物語による現実世界の超越に固執するあまり、人間自体を軽視し、チェスの駒のように登場人物を動かすことも多かったが、敬愛するジャズ・サックス奏者チャーリー・パーカーの死

コルタサル

に際して、初めて生身の人間と正面から向き合って創作に臨むことになった。

「追い求める男」のジョニー・カーターは、酒やドラッグに浸る破天荒な生活を送りながらも、ひとたびサックスを手に取れば、「明日を吹いて」現実世界の壁を打ち破る。その姿を伝記作家ブルーノの視点から再現することで、コルタサルは憧憬に満ちたオマージュをパーカーに捧げている。

『石蹴り遊び』の出発点は、「追い求める男」の主人公に垣間見えた形而上学的探求にある。多感な思春期にジャン・コクトーの『阿片《あへん》』を読んでアヴァンギャルドに興味を抱き、シュルレアリスムに深く共鳴したコルタサルは、キャリアの最初から常に創作を通して現実の向こう側を追い求めてきた。だが、「対岸」そのものではなく、「対岸」を目指して苦悩する人間、その探求に焦点を当てることで、新たな長編小説の着想が芽生えてきた。彼自身が述べているとおり、『石蹴り遊び』の主人公オラシオ・オリベイラは、「ジョニー・カーターの試みを最終的帰結まで突き詰める」人物にほかならない。

パリに住むアルゼンチン人のオリベイラは、アンドレ・ブルトンが同名の小説で理想化した女性「ナジャ」にあたるウルグアイ人、理性と無縁に本能のまま生きるラ・マーガを頼りに、因襲と論理的思考と西欧的知性に縛られた自分自身を乗り越えようとする。他にも彼は、「蛇クラブ」の仲間たちとの議論やパリ市街の放浪、前衛芸術やジャズ、禅やオカルトなどに救いを求めるが、ジョニー・カーターと同じく、はじめから出口のない探求の行き着く先は否定と拒絶でしかありえない。

乳児ロカマドゥールの死とともにラ・マーガとの関係を断ったオリベイラは、失意のままブエノスアイレスへ戻り、かつての愛人ゲクレプテンや友人トラベラーを頼って再び不安定な生活をはじめる。常識と非常識、正気と狂気の間をさまようオリベイラは、行く先々で滑《こっ》稽《けい》な不条理を引き起こすが、その最たる例は、コルタサルがこの小説の出発点になったと語ったこともある、建物の両側から板を差し出してマテ茶と釘《くぎ》のやり取りをする場面だろう（四一章）。

そして、現実世界の因襲を否定、拒絶する人間をテーマに小説を書くコルタサルは、自らの否定と拒絶の矛先を小説と言語の因襲に向ける。たとえオリベイラが「対岸」へ到達できたとしても、作者が文学的因襲の殻に閉じこもっているかぎり、それを表現することはできない。「作家が文学を破壊せずして何の役に立つだろう」、九九章に示されたこの信念に従ってコルタサルは、多様な手法と言語的実験を繰り出しながら、「通念的形式を打ち壊そう」とする。

その意味では、カルロス・フエンテスが『石蹴り遊び』を評して、「『ユリシーズ』が英語の散文において果たした役割をスペイン語の散文において果たした」と述べた（この一節を読んだコルタサルは、「おお、おお、赤面」と余白に書きこんだ）のも理由のないことではない。短編小説においても彼は、独特の句読法や息の長い文章、会話体の挿入など、あれこれ文体的技巧を凝らすことで知られているが、とりわけ長編小説に取り組むとこの態度は過激になり、破壊的なほど斬新な作品はしばしば「反小説（アンティノベラ）」と評された。『石蹴り遊び』は冒頭で、慣習どおり最初から最後へ向かう読み方のほかに、付記されたチャートに従って進む読み方を提示して読者を挑発する。段落相互のつながりが希薄で構成は断片的になり、語り手や視点が頻繁に変わるほか、主人公の読んでいる本の原文とそれに対する感想を一行ごと交互に繰り出していく章（三四章）や、スペルミスを体系的に取り込んで書かれた章（一四四章）もある。結果的に、コルタサルの軽蔑《けいべつ》する受動的読者（本文には「メス読者」という表現が頻出するが、晩年彼は女性蔑視とも取れるこの言葉を後悔した）は拒絶され、テクストと能動的に向き合う読者しかこの小説を読み終えることはできない。

オリベイラの探求は最終的に、自殺への誘惑もちらつく精神病院の窓辺へ行きつき、完全な失敗に終わるが、これを書くコルタサルも、当時の書簡からわかるとおり、自らの探求に商業的成功がついてくるとは夢にも思っていなかった。

ところが、蓋《ふた》を開けてみればこの作品はまずアルゼンチンで大きな成功を収め、やがてはコルタサルをラテンアメリカ文学のブームの最前線へ押しやることになる。一九六三年に初版三〇〇〇部でスダメリカーナ社から刊行された当初こそ読者の反応は鈍かったものの、著名批評家が相次いで新聞・雑誌の書評で取り上げたことにも助けられて、アルゼンチンでは「石蹴りフィーバー」が沸き起こり、売り上げは着実に伸びた。この成功を支えたのは、哲学的思索や博識に貫かれた文学を苦にすることもなく、貪欲に斬新な潮流を吸収する素養を備えたアルゼンチンの知的読者層だった。文芸批評などでは、とかくそのコスモポリタン的側面ばかりに注目が集まる『石蹴り遊び』だが、実はその本質は、形而上学的探求と読書行為そのものの刷新という、二〇世紀のアルゼンチン小説を特徴づける二つの要素にある。

さらにコルタサルにとって追い風となったのは、アメリカ合衆国での成功だった。一九六六年、ブームを支えた名翻訳家グレゴリー・ラバサの英語訳がパンテオン社から発売されると、好調な売れ行きを示したのみならず、批評家や文学研究者から高い評価を受け、翌年の全米図書賞翻訳部門大賞に選出された。ちなみに、一九六六年四月、『ニューヨーク・タイムズ・ブック・レビュー』に、コルタサル本人に称賛されるほど素晴らしい書評を寄せ、英語版『石蹴り遊び』の成功に一役買ったのは、日本文学研究家ドナルド・キーンだった。

だが、リカルド・ピグリアが指摘したとおり、このような世俗的成功は、コルタサルの作家人生に高い代償をともなった。それまでのコルタサルは、異国の地でマージナル（周縁的）

な立場を保ち、孤独のなかで「否定の美学と前衛の詩学」を貫くことができた。だが、『石蹴り遊び』の成功とともに文学の表舞台に立つと、彼は少しずつ苦境に追い込まれていった。それまでの路線を踏襲して創作に臨めば、エスタブリッシュメントにあぐらをかいた作家と揶揄されるが、逆に反小説の路線を推し進めれば、その結果は『組立モデル62』（一九六八）のようなほとんど意味不明の小説であり、一般読者から見放され、出版社からは圧力を受ける。

アンドレ・ブルトンやルイ・アラゴンといったシュルレアリストと同じく、コルタサルもこの後左翼と連携して政治活動にのめりこんでいくが、それは、アヴァンギャルドの宿命とも言えるジレンマの帰結だったのかもしれない。すでに『石蹴り遊び』を書き終えていた一九六三年一月、コルタサルがキューバを訪れて衝撃を受けるのも、決して偶然のことではなかった。

キューバ革命とラテンアメリカ作家たち――小説と社会変革

一九五九年一月一日のキューバ革命は、世界全体を揺るがす大ニュースであり、ラテンアメリカ作家の多くが、単にその動向を注視するだけでなく、熱烈な革命支援活動に乗り出した。すでに述べたとおり、フエンテスは同年キューバを訪れていちはやく支持を明確にし、当時まだ無名だったガルシア・マルケスも、フィデル・カストロとエルネスト・チェ・ゲバラの肝いりで創設された新聞『プレンサ・ラティーナ』の記者として、革命直後からハバナで取材にあたった。

だが、ラテンアメリカ作家のキューバ熱が加速するのは、カルペンティエールが文化省の顧問や国立出版局長官といった要職から文化政策の陣頭指揮を執った一九六二年以降だった。ラテンアメリカ文学の新しい流れを敏感に察知していたカルペンティエールは、インタビューなどでフエンテス、バルガス・ジョサ、コルタサルの名を頻りに引用し、作家たちに支持を訴えるとともに、キューバとラテンアメリカ諸国の間に連帯の絆《きずな》を植えつけようとした。五九年に創設された文化機関カサ・デ・ラス・アメリカスは、アイデー・サンタマリア（一九二三〜八〇）の指揮のもと、キューバのみならず、ラテンアメリカ全体における文学活動の普及と活性化に乗り出し、書籍や雑誌の出版、文学賞の主催などを進めたほか、さまざまな名目で世界各地から作家や芸術家、知識人をキューバに招聘《しょうへい》した。バルガス・ジョサやコルタサルのほか、ミゲル・アンヘル・アストゥリアス、パブロ・ネルーダ、マリオ・ベネデッティ、オクタビオ・パス、ホセ・ビアンコといったラテンアメリカを代表する作家はもちろん、ジャン・ポール・サルトルやイタロ・カルヴィーノ、フアン・ゴイティソーロなど、多くの世界的作家がカサ・デ・ラス・アメリカスの招待を受けて六〇年代にハバナを訪れている。

ピッグズベイでの衝突やキューバ危機、それに続くアメリカ合衆国の経済封鎖は、作家たちの支援活動に拍車をかけた。六二年と六六年にキューバを訪れたバルガス・ジョサは、いずれの機会にもカサ・デ・ラス・アメリカスの活動に積極的に協力し、パリへ戻った後、革命の実態を記録したルポルタージュを数回に分けて発表している。そのいずれにおいても彼は、革命政府の抑圧的政策に懸念を示しつつも、全体としては好意的な態度を貫き、フィデル・カストロの実直な人柄を称えるとともに、キューバ革命の未来に期待を寄せている。また、カルペンティエールと親しかったこともあり、この間何度もキューバを訪れたフエンテスは、インタビューやシンポジウム、講演などの場で帝国主義の理念に縛られたアメリカ合衆国の対外政策を厳しく批判し、経済封鎖を糾弾した。

同様に、キューバで進行中の革命を目の当たりにした作家たちの大半は、キューバの社会主義がソ連や東欧諸国の硬直した体制と違った道を歩んでいると確信し、少なくとも一九六〇年代末まで、マスメディアなどを通して支援と連帯の必要を訴え続けた。

他方、それまでほぼ完全に「ノンポリ」の姿勢を貫いてきたコルタサルにとって、一九六三年の一ヵ月以上に及ぶハバナ滞在は、彼自身の言葉を借りれば、「カタルシスのようなもの」であり、「心の奥底を揺さぶる体験」だった。豊かで平等な社会の建設を目指してサトウキビの収穫や文盲撲滅運動に乗り出す人々の姿に彼は感動し、キューバの未来に大きな希望を抱くと同時に、カストロやチェ・ゲバラのリーダーシップに感服した。とくに、同じアルゼンチン出身のゲバラには強い親近感を覚えたようで、後にコルタサルは、シエラ・マエストラのゲリラ戦に着想を得た短編「合流」（一九六六年発表の『すべての火は火』に収録）を執筆している。だが、妻アウローラ・ベルナルデスに酷評され、主人公に祀《まつ》り上げられたゲバラ自身にも冷淡にあしらわれたこの作品は、残念ながらコルタサルの残した駄作の一つに数えられるだろう。

バルガス・ジョサやガルシア・マルケスと違って、コルタサルは自らの滞在についてルポルタージュを書いたりはしなかったものの、その熱狂の一端は、リビエラ・ホテルで行った講演「短編小説の諸相」にも投影されている。この滞在を終えてパリへ戻った頃から、友人宛ての書簡にはキューバへの言及が増え、ハバナで親交を深めたホセ・レサマ・リマ、ビルヒリオ・ピニェラ（一九一二～七九）、アントン・アルファット（一九三五～）といったキューバ人作家と頻繁に手紙のやりとりを行うようになった。そして最終的にコルタサルは、ガルシア・マルケスと並ぶ頑強なカストロ体制の擁護派として、多くの盟友がキューバ支持を撤回した後も、定期的にハバナへ通って革命政府に協力を続けた。

一九六〇年代を通じてキューバ革命に無関心を貫き通したラテンアメリカの作家は、政治全般、とりわけ左翼思想を忌み嫌っていたボルヘスやビオイ・カサーレスくらいであり、もっとも文学に専心した作家と友人たちに評されていたドノソや、人前に出て話すことがほとんどなかったルルフォですら、その余波を受けずにはいなかった。経済封鎖で苦境に置かれたキューバ革命政府に救いの手を差し伸べるという共通の目的を合言葉に、すでにパリやメキシコ、ブエノスアイレスで親交を深めつつあった作家たちの絆と連帯感はいっそう強固になった。行き過ぎた革命熱は、「作家たるもの、左翼に与するのが当然」という固定観念を生み出し、後にはカブレラ・インファンテのような転向作家を裏切り者として村八分にする弊害すら引き起こしている。

だが、少なくとも一九六〇年代末までは、キューバ革命によって、フエンテス、バルガス・ジョサ、コルタサル、ガルシア・マルケスを核に、ドノソ、ルルフォ、エドワーズ、モンテローソ、ネルーダ、パス、ベネデッティ、オネッティ、サバト、カルペンティエール、レサマ・リマ、ロア・バストス、ピトルといった多種多様な顔ぶれの作家が「ラテンアメリカ」という一つの枠内につなぎ止められ、相互に刺激と助言を与え合いながら創作を進める環境が生まれた。そして、彼らの精神的支柱は、社会変革と連動する文学を手掛け、文学作品を通じて革命に貢献する希望だった。一九六七年、カラカスでロムロ・ガジェゴス賞の受賞式に臨んだバルガス・ジョサは、「文学は火である」と題された受賞演説において、ラテンアメリカ各地で勃興しつつある新しい小説文学がラテンアメリカ全体の社会革命に寄与する可能性を示した。いま振り返れば短絡的すぎるとも思われるこうした議論ですら、キューバ革命を目の当たりにした多くの作家にとっては夢物語ではなかったのだ。

大ブームの予感——多様な顔ぶれの作家たち

ここまでフエンテス、バルガス・ジョサ、コルタサルの三人を中心に、一九六〇年前後のラテンアメリカ小説の動向をたどってきたが、とくに六〇年代に入ってからスペイン語圏各地で刊行された作品を列挙してみると、この短期間によくもこれだけ質の高い小説が揃ったものだと感嘆せざるをえない。

それ以前の五〇年と比較してみれば、これはまさに驚異であり、新たな時代を告げていた。一九六一年には、フアン・カルロス・オネッティ（ウルグアイ、一九〇九～九四）『造船所』、ミゲル・アンヘル・アストゥリアス『アルアハディート』、六二年には、マヌエル・ムヒカ・ライネス『ボマルツォ公の回想』、エルネスト・サバト『英雄たちと墓』、ガブリエル・ガルシア・マルケス『悪い時』、アレホ・カルペンティエール『光の世紀』、カルロス・フエンテス『アルテミオ・クルスの死』、『アウラ』、ギジェルモ・メネセス（ベネズエラ、一九一一～七八）『アルルカンのミサ』、六三年には、『都会と犬ども』と『石蹴り遊び』のほか、セベロ・サルドゥイ（キューバ、一九三七～九三）『身振り手振り』、アストゥリアス『無名のムラート女』、フアン・ホセ・アレオラ『市』、エレナ・ガーロ（メキシコ、一九一六～九八）『未来の記憶』、そして六四年には、マヌエル・メヒア・バジェホ（コロンビア、一九二三～九八）『定められた日』、ビセンテ・レニェロ（メキシコ、一九三三～二〇一四）『左官屋』、ホセ・マリア・アルゲダス（ペルー、一九一一～六九）『すべての血』、オネッティ『屍《しかばね》集めのフンタ』が発表されている。

ラテンアメリカのほぼ全域が作家を輩出しているうえ、すでに世界的名声を確立していたベテラン組のカルペンティエールやアストゥリアス、以前から専門家の評価は高かったが一般レベルの知名度が低かった実力派のコルタサルやサバト、オネッティやアルゲダス、今後のラテンアメリカ小説を担う有望株のフエンテスやバルガス・ジョサ、新しい路線へ踏み出していこうとしていた新顔のサルドゥイやレニェロ、いくつもの世代が交錯している。国籍の違うラテンアメリカ作家が交流する利点についてはすでに論じたが、同時に、こうした多様な世代の共存もラテンアメリカ小説の世界進出に重要な意味を持った。すなわち、カルペンティエールに続いて、フエンテスやバルガス・ジョサ、コルタサルが世界各地で売り上げを伸ばすにつれて、新たなヒットを目論む出版社は、同じラテンアメリカ文学という枠のなかで、それに続く新世代や、一部に高い評価を受けながらも脚光を浴びていなかった旧世代に注目しはじめたのだった。

こうした動向は、一九六〇年代に作家たちの創作活動を後押しした各種文学賞にも如実に反映されている。『都会と犬ども』以降、ビブリオテカ・ブレベ賞は、六三年にレニェロの『左官屋』、六四年にカブレラ・インファンテの『熱帯の夜明けの景色』(のちに改作して六七年に『TTT』として出版)、六七年にフエンテスの『脱皮』、六八年にゴンサレス・レオンの『携帯国家』と、相次いでラテンアメリカ作家に与えられたほか、六五年にはマヌエル・プイグ(アルゼンチン、一九三二~九〇)の『リタ・ヘイワースの背信』を次点とした。

また、スペインの名門デスティーノ社が一九四四年に創設したナダル賞は、それまでスペイン人作家以外が受賞したことはなかったが、六三年にメヒア・バジェホの『定められた日』、六五年にカバジェロ・カルデロンの『善良な野蛮人』と、相次いでコロンビア人作家の長編小説に与えられた。他方、セイス・バラル社の呼びかけにアメリカ合衆国やヨーロッパ諸国の大手出版社が応じて、一九六一年に第一回が主催されたフォルメントール賞では、サミュエル・ベケットと並んで国際部門を受賞したのはホルヘ・ルイス・ボルヘスだった。すでに以前から、雑誌『スール』のグループと親しかったロジェ・カイヨワの尽力もあって、ボルヘスの名はフランスの文壇で多少は知られていたが、これ以降彼の作品の翻訳が世界各地で急速に進むことになる。後年ボルヘスは、彼らしいアイロニーを込めて、「フランス文壇における成功のおかげで祖国アルゼンチンで名を知られる作家になった」と述べることもあった。

文学賞とは無縁ながらも、こうした流れのなかで初めて脚光を浴びた作家の代表格がオネッティだろう。中等教育すら終えずにモンテビデオでさまざまな職を転々としていた（ピカソの贋作《がんさく》まで売ったという）オネッティは、一九三〇年代にブエノスアイレスへ移り、ジャーナリズムでなんとか生計を立てられるようになって以降、一九五五年に再びモンテビデオに拠点を定めるまで、ラプラタ川を挟んで向かい合う両都市を行き来しながら、独立独歩で長編・短編の執筆を続けていた。そのなかには、現実世界から自律した虚構世界の構築という点で、バルガス・ジョサによってラテンアメリカ文学における「創造の小説」の出発点と位置づけられた中編『井戸』(一九三九)や、主人公ブラウセンの空想から架空の町サンタ・マリアを創設した長編『はかない人生』(一九五〇)など、後に高い評価を受ける作品も含まれている。

ブエノスアイレスのロサダ社やスダメリカーナ社から長編を発表したこともあり、名門雑誌『スール』に短編「アルバム」などを掲載することもあったため、ラプラタ地域では彼を高く評価する作家・批評家もいたが、一九五五年の時点では、オネッティはまだ一般に名を知られた作家ではなかった。文学関係者以外で彼の才能を見抜いた数少ない人物の一人が、一九四七年から五一年までウルグアイ大統領を務めた政治家ルイス・バッジェであり、彼の尽力によって、一九五七年にモンテビデオ市図書館長という実入りはいいが仕事の少ない理想の閑職を得たオネッティは、ようやく本腰を入れて長編の創作に臨み、フンタことバルテーを主人公にした連作、『造船所』と『屍集めのフンタ』によって、独特のペシミズムに貫かれた文学空間を結実させてみせた。

ところが、当の本人は富や名声にはまったく無関心で、自作の宣伝をまったく行わず、販売網においてロサダ社やスダメリカーナ社よりはるかに劣る出版社に原稿を丸投げして、ゲラ直しにすら協力しない有様だった。一九六〇年代にモンテビデオでオネッティを訪ねたフエンテスは、彼が昼間から片時もウィスキーを手放すことなく無駄話に耽り、本妻と暮らす自宅と、そこから一ブロック半離れた愛人宅を往復する勝手気ままな生活を送っていたことを後に証言している。

オネッティの小説自体が優れていたのはもちろんだが、これほどすべてに無頓着《むとんちゃく》な作家がラテンアメリカ文学のブームに合流できたのは、フエンテスやバルガス・ジョサ、それにコルタサルの口添えがあったからだった。前記の二作も、発売後数年は国境を越えることがほとんどなかったが、ブームの過熱とともに、六〇年代後半から次第に注目を集めはじめる。一九六七年には、ベネズエラ大統領ラウル・レオニの肝いりで高額賞金を掲げて創設されたロムロ・ガジェゴス賞の最終選考三作に『屍集めのフンタ』が名を連ね（受賞作はバルガス・ジョサ『緑の家』）、一九七〇年にはメキシコのアギラール社から全集が刊行されることになった。

ブームの大爆発に向けて、着々と役者は揃いつつあった。

第4章　世界文学の最先端へ

——「ブーム」の絶頂

上の写真は『百年の孤独』（初版）。下の写真は、文学賞の審査員として1972年に集まった（左から）ガルシア・マルケス、バルガス・ジョサ、カルロス・バラル、コルタサル

ガブリエル・ガルシア・マルケスと『百年の孤独』の世界的成功

一九六七年五月にブエノスアイレスのスダメリカーナ社から刊行された『百年の孤独』は、発売と同時にアルゼンチンで空前のヒットとなり、すぐにその成功はスペイン語圏を越えて全世界に広がった。すでに中長編小説三作と短編集一作を出版していたものの、ラテンアメリカはもとより、自国コロンビアでもほぼ無名だったガブリエル・ガルシア・マルケスは、この成功により、すでにあちこちで沸騰しつつあった「ラテンアメリカ文学のブーム」の先頭に立った。

売り上げ、社会的反響、専門家の評価、いずれにおいても『百年の孤独』はそれまでの常識を覆し、ラテンアメリカ小説を世界文学の最先端へ押し上げた。他方、この一作で世界的名声を手にしたガルシア・マルケスは、以後、新聞や雑誌を中心に、巧みにマスメディアを操作して世界の目をラテンアメリカに引きつけた。

発表当時はいわゆる「オーバーナイト・サクセス」にも見えた『百年の孤独』の成功だが、そこにいたるまでの道のりは決して平坦《へいたん》ではなかった。名声を手にしてからのガルシア・マルケスは、真摯《しんし》な態度でインタビューや講演に臨むことがなくなったため、『百年の孤独』をめぐる彼の発言は信憑性《しんぴょうせい》に乏しいが、もともと「家」というタイトルだった本作を書きはじめたのは、出版後の本人の言葉によれば一六歳か一七歳、彼の身内や親しい友人と接触した批評家によれば二三歳の時だった。

いずれにせよ、壮大な構想を一冊の小説にまとめ上げる文学的技法をまだ備えていなかったガルシア・マルケスの執筆はすぐに行き詰まり、一九五〇年代半ばには、コロンビアの暴力的現実に根差したリアリズム小説の路線に方向転換を余儀なくされる。一九五五年発表の処女長編『落葉』は、ロサダ社の顧問だったギジェルモ・デ・トーレの酷評とともに出版社から原稿をつき返されるなど、いい出来栄えではなかった。だが、ヘミングウェイの明瞭簡潔な文体を手本に、短編小説の執筆を通して技術的修練を積むうちに、最初の成果が生まれる。それが、パリ滞在中の一九五七年に書き上げられたとされる中編『大佐に手紙は来ない』だった。軍鶏《しゃも》を中心に、靴、鏡、時計などの日常品を一つの象徴体系にまとめ上げ、年金受給の開始を告げる手紙を待つ以外何もすることがないまま暴力の時代を生き抜く退役大佐の内面を浮き彫りにしたこの作品は、現在でもガルシア・マルケスの傑作に数えられている。

ガルシア・マルケス

その後、コロンビア、ベネズエラ、ハバナ、ニューヨークとめまぐるしく拠点を移すなかで構想され、最終的にメキシコで完成した長編『悪い時』は、一九六二年に祖国コロンビアで第一回エッソ文学賞を受賞するなど、『大佐に手紙は来ない』にひけをとらない秀作だった。だが、その後スペインの出版社から発表される際に、不用意な編集者が作者の許可なくコロンビア方言をすべてスペイン風の言い回しに修正し、憤慨したガルシア・マルケスがこの版を自分の作と認めなかったため、『悪い時』は長らく世に出ぬまま埋もれることになった。

一九六一年にメキシコシティに腰を落ち着けてからのガルシア・マルケスは、同国人の盟友アルバロ・ムティス(一九二三～二〇一三)やカルロス・フエンテスの助けもあって、雑誌記事や映画のシナリオ書き、さらには広告代理店勤務などで食い扶持を稼ぎはじめたが、片時も頭から離れなかった長編小説の執筆には長い間着手できなかった。

啓示が訪れたのは、一九六五年のある日、メキシコシティからアカプルコへ向かう車内でのことだった。この瞬間をめぐる本人の発言は度々食い違い、研究者によってさまざまな見解があるうえに、二〇〇七年には、カルロス・フエンテスまで自分がその場に居合わせたと仰天の発言をするなど、すでにその真相が闇に包まれた神話となっているが、この時初めてガルシア・マルケスの頭に『百年の孤独』の全体像が思い浮かび、早速執筆に取り掛かったのは事実のようだ。

その後一八ヵ月間、本人が繰り返し述べたようにニコチンまみれで書斎に籠《こも》りきりだったわけではないものの(脚本を担当した映画『死の時』がカルタヘナ映画祭で上映されるのに合わせて、コロンビアに数週間滞在している)、寸暇を惜しんで執筆に打ち込み、一九六六年の夏にはほぼ現在の形に仕上がった。

出版前から『百年の孤独』への期待は大きく、コロンビアの新聞『エル・エスペクタドール』が一九六六年六月一日にその第一章を、著名批評家エミール・ロドリゲス・モネガルがパリで主宰していた雑誌『ムンド・ヌエボ』が一九六六年八月発行の号に第二章を、それぞれ掲載したほか、冒頭の三章を読んで驚愕したカルロス・フエンテスは、『メキシコの文化』の同年六月二九日号に絶賛の記事を寄せた。また、『百年の孤独』の後半部に登場する四人組（ヘルマン、アルフォンソ、アルバロ、ガブリエル）のモデルとなったバランキージャ時代の親友たちもこの草稿を読んで感動し、その一人ヘルマン・バルガスは、雑誌『エンクエントロ・リベラル』の一九六七年四月号に、「ひと波瀾《はらん》起こしそうな小説」というタイトルで紹介記事を書いた。

すでに新時代のラテンアメリカ小説を多数手掛けていたバルセロナのセイス・バラル社がいかなる事情でこの小説の出版を取り逃したのかいまだにわかっていないが、草稿を受け取ったスダメリカーナ社の敏腕編集者フランシスコ・ポルアがこの傑作を見逃すはずはなかった。なお、ガルシア・マルケスの講演集『ぼくはスピーチをするために来たのではありません』（二〇一〇）には、出版社に原稿を届ける費用が足らず半分だけ送ったという話が語られているが、これはいかにも彼らしいユーモアを駆使した冗談であり、もちろん事実ではない。

このように出版前から盛り上がる作家や批評家、さらには書店員の熱気に押されてポルアは、当初三〇〇〇部を予定していた初版をまず五〇〇〇部、続いて八〇〇〇部に引き上げたものの、一九六七年五月三〇日の発売からわずか数週間で品切れとなり、スペイン語圏全土を対象としてさらに大きな規模で増刷を繰り返した結果、初年度だけで売り上げは一〇万部を超えた。

翌年に入ってもその勢いは止まらず、スペインやラテンアメリカで着実に売り上げを伸ばしたほか、一九六八年にイタリアの名門フェルトリネッリ社が初の翻訳を出版したのを皮切りに、同じ年にフランス語訳、七〇年にはグレゴリー・ラバサによる英語訳、七二年には鼓直《つづみただし》による日本語訳が発表され、その成功は全世界に広がっていった。

『百年の孤独』と魔術的リアリズム

『百年の孤独』は、それまでガルシア・マルケスが積み上げてきたリアリズム小説とまったく趣を異にする作品であり、バルガス・ジョサも指摘したとおり、まさに「悪魔の檻《おり》を開け放った」ような「大胆な文学的冒険」だった。

小説の屋台骨となる史実は、ガルシア・マルケスの祖父ニコラス・マルケスが戦い抜いたコロンビアの内戦、千日戦争（一八九九～一九〇二）と一九二八年にカリブ海沿岸の町シエナガで起こったバナナ農園労働者のストライキ（およびそれにともなう虐殺）であり、実在するバナナ農場の名前から取ったという架空の町マコンドの下地をなしたのは、生まれ故郷のアラカタカと、青春時代を過ごした港湾都市バランキージャだった。

驚異的事件を平然とした顔で繰り出す祖母トランキリーナ・イグアランの話しぶりを参考にしたというこの小説の語りは、ほとんど情景描写を行うことなく次から次へと奇想天外な挿話を繰り出し、ホセ・アルカディオ・ブエンディーアとウルスラ・イグアランの創設した小村にすぎなかったマコンドを、史実とファンタジーの交錯する「魔法の国」に変える。アストゥリアス、カルペンティエールにはじまって、ルルフォに受け継がれた魔術的リアリズムは、架空の町マコンドと独自の世界観に貫かれた語りの結合によって、この『百年の孤独』で完成されたのだ。

実の父親から「嘘《うそ》つき」呼ばわりされたこともあり、バルガス・ジョサによれば、虚実織り交ぜて「いとも簡単にさまざまなエピソードを披露する」ところが最大の魅力だというガルシア・マルケスは、天性のストーリーテラーであり、日常生活においても、史実や実体験、人づてに聞いた話をおもしろい物語に変えてみせる。インタビューなどで彼は、自分は完全にリアリズム作家であり、実体験に根差していない話は一つも書いたことがないとうそぶきもしたが、たとえ事実に基づいた話であれ、現実からフィクションへの根本的変換を経た後でなければ小説に取り込むことはない。

『百年の孤独』の執筆を通してガルシア・マルケスが学んだのは、説得力のある言葉で語ることさえできれば小説家にはあらゆる逸脱が許されるという創作の指針だった。おかげで彼は、因襲的なリアリズムの理念を離れて語り部としての才能を存分に発揮できるようになり、空飛ぶ絨毯《じゅうたん》、町全体に蔓延する不眠病、ココアによる空中浮遊、黄色い蝶《ちょう》の群を引き連れて歩き回る男、シーツとともに昇天する少女などの不思議な逸話を作品内に盛り込むことが可能になった。

だが、ただ奇抜な逸話をたくさん詰め込むだけで優れた小説ができあがるわけではない。ガルシア・マルケスの真骨頂は、現実世界の表面に隠れた奥深い意味を照らし出すべく、一つひとつの逸話に象徴性を盛り込む卓越した手腕にある。「シンボリック・リアリズム」という名前で自らの手法を定義したカルロス・フエンテスほど意識的だったわけではないが、ガルシア・マルケスも、すでに初期短編や『大佐に手紙は来ない』から、ありふれた日常品をシンボルに変えることで、暴力の時代を生き抜く人間の内面を浮き彫りにしていた。『百年の孤独』では、作品全体に周到な象徴体系がちりばめられ、それがラテンアメリカの社会的・政治的状況をイメージ豊かに映し出している。

たとえば、三二回も反乱を起こしてそのすべてに敗れた末、どうしても体から取れなくなった悪寒を抱えたまま、意匠を凝らした金の魚を作っては潰《つぶ》す隠棲《いんせい》生活に引きこもるアウレリアーノ・ブエンディーア大佐の姿は、権力の魔物にとりつかれて夢破れるラテンアメリカの政治家の実情を暴き出す。また、ユナイテッド・フルーツ社をモデルにしたバナナ会社の繁栄とともに、現地人を軽蔑の目で見下しながら豪華な列車に乗り込むミスター・ブラウンは、バルガス・ジョサも指摘するとおり、「ラテンアメリカの植民地的搾取とそこから生み出される悲劇の象徴」だった。

こうした象徴的逸話の最たる例は、一七人のアウレリアーノをめぐる顚末《てんまつ》だろう。二〇〇二年発表の回想録『生きて、語り伝える』には、少年時代のガルシア・マルケスが実際に体験した話として、内戦下の国内を転戦した祖父ニコラス・マルケス大佐が各地で多くの女性と関係を持ち、おかげで腹違いの兄弟が何人もできたいきさつが語られている。大佐の寛大な妻トランキリーナは、彼らを全員アラカタカに呼び集め、教会で「灰の水曜日」の十字架を額に付けさせたという。このささやかな逸話が、『百年の孤独』に取り込まれると、たちまちスケールの大きな悲劇的挿話に姿を変える。

敗軍の将アウレリアーノ・ブエンディーア大佐が各地で作った一七人の腹違いの兄弟は、いずれもアウレリアーノという名前を付けられ、やがて同じようにマコンドの町で全員一緒に灰の十字架を額に受けるが、その十字がいつまでも消えずに残る。ある時、ミスター・ブラウンの差し金で警察に代わってマコンドの警備を任されたゴロツキたちが、ジュースで制服を汚されたという理由だけで七歳の少年を惨殺すると、相次ぐバナナ会社の横暴に憤慨していたアウレリアーノ・ブエンディーア大佐は激高し、思わず「いつか私の息子たちを武装させてあの糞《くそ》グリンゴどもを始末してやる！」と口走ってしまう。その直後から一七人のアウレリアーノは、正体不明の刺客によって、いずれも消えずに残った額の十字架を銃弾で撃ち抜かれ、相次いで命を落とす。権力闘争、帝国主義企業、キリスト教、警察組織、スパイ網、さまざまな要素が複雑に絡み合うラテンアメリカ社会の闇がこの挿話から垣間見えてくる。

『百年の孤独』が大きな支持を集めた要因の一つは、こうした巧みな象徴体系の構築によって、ラテンアメリカの読者に登場人物との自己同一化を可能にする一方、異文化圏の読者には、具体的挿話を通してラテンアメリカがいかなる世界なのかイメージさせたことにある。ラテンアメリカ内外の多くの読者にとって本作は、「これこそラテンアメリカ」という物語世界を描き出していたのであり、その大きな成功は、キューバ革命以降、一九六〇年代を通じて世界的に形成されつつあったラテンアメリカ像と密接に結びついていたのだ。

ブランド化する「ラテンアメリカ小説」――ガルシア・マルケスの宣伝戦略

前述の批評家ロドリゲス・モネガルは、『百年の孤独』の成功に一役買った人物の一人だが、一九六八年に彼が発表した論考を見ると、「紛れもない時代錯誤」を背負った傑作という評価がこの小説に与えられている。見方によっては不当とすら取られかねないこの見解は、的外れな指摘でも批評家の独断でもなく、当時におけるラテンアメリカ文学の趨勢を考えれば、むしろ『百年の孤独』の本質を的確に言い当てていたとすら言えるだろう。『石蹴り遊び』の成功以来、当時フランスで隆盛をきわめていた「ヌーヴォー・ロマン（新小説）」の影響もあって、ラテンアメリカ作家の間で手法的実験の小説が流行し、その先陣を切った新顔のビセンテ・レニェロが、ビブリオテカ・ブレベ賞受賞の『左官屋』に続いて、『スタジオQ』（一九六五）、『落書き』（一九六七）といった作品で好評を博したほか、カルロス・フエンテスもこの動きに追随して『聖域』（一九六七）や『脱皮』（一九六七）といった斬新な作品を手掛けていた。

同じ頃注目された二人のキューバ人作家、ホセ・レサマ・リマとギジェルモ・カブレラ・インファンテも、それぞれ『パラディソ』（一九六六）と『TTT』（一九六七）で、リアリズムとも魔術的リアリズムともまったく傾向の違う作風を示し、また、コルタサルも同じ時期には、後に『組立モデル62』（一九六八）となる凝った実験小説を執筆していた。こうした状況を背景に、一九七〇年代へ向けてラテンアメリカ文学は、カルペンティエールや初期のフエンテス、バルガス・ジョサに代表される「ラテンアメリカの現実社会に根差した小説」の路線を離れていくと予想する批評家は多かった。

この点に関しては、レニェロとガルシア・マルケスにまつわるおもしろいエピソードが残っている。一九六五年のこと、ラテンアメリカ文学の成功を陰で支えていたバルセロナ在住の敏腕代理人カルメン・バルセルスがメキシコを訪れるというので、ホアキン・モルティス社のオーナーだったホアキン・ディエス・カネードが、有望株の作家たちを集めてカクテル・パーティーを主催した。

この時点ですでにバルセルスと代理人契約を交わしていた数少ないメキシコ人作家の一人

としてレニェロが招待されたのはもちろんだが、多くの若手作家に混じって、当時まだ無名のガルシア・マルケスも同席していた。すぐに退屈したレニェロが、食事だけとってさっさと帰ろうと思いはじめていた矢先、同じように退屈そうにしていた見知らぬ男と言葉を交わしてみると、男は『左官屋』への賛辞を口にした。グレアム・グリーンにやたら詳しいこの男のことが気になって、こっそり他の知人に訊《き》いてみると、『大佐に手紙は来ない』と『悪い時』の作者ガルシア・マルケスだという。二作ともすでに読んでいたレニェロは、さりげなく男のもとへ戻り、最初から相手が誰か知っていたような口ぶりで『大佐に手紙は来ない』を称賛した。

その後の夕食会では、ガルシア・マルケス夫妻、レニェロ夫妻、バルセルス夫妻が長時間談笑したが、話題は、当時発売されたばかりで、バルセルスが熱を上げていたレニェロの新作『スタジオQ』（実際には読んでいなかった）でもちきりだった。ガルシア・マルケスにあてつけるようにしてバルセルスは、「ヨーロッパで受けるのはああいう小説だわ」、「地域的テーマなんてダメ、もう過去の話よ」と頻りに繰り返していた。それに対するガルシア・マルケスの返答はこうだった。「それは間違いだ。大間違いだよ、カルメン」。

この予言どおり、ガルシア・マルケスが地域性を前面に打ち出した『百年の孤独』で大成功を収め、世界各地で翻訳されていく一方、一九六八年一〇月、バルセロナでバルセルスのオフィスを訪ねたレニェロは残酷な現実を突きつけられる。敏腕代理人の売り込みにもかかわらず、『左官屋』と『スタジオQ』は、フランス、ドイツ、イタリア、アメリカ合衆国などの名門出版社を含む計二五社から突き返され、翻訳出版の見込みはほぼ完全に消滅していた。一九七一年に、ルーマニアの小出版社が『左官屋』の版権を取得したものの、契約料はわずか五〇〇ドルであり、欧米での成功は夢と消えていたばかりか、すでにこの頃からレニェロの名はスペイン語圏においてすら忘れられはじめていた。

すなわち、『百年の孤独』はラテンアメリカ小説の流れを逆戻りさせるかたちになったわけだが、これは作品の成功自体にのみ起因する現象ではない。『百年の孤独』が発表された数ヵ月後、一九六七年九月にペルーのリマで行われたバルガス・ジョサとの対談にも見て取れるように、世界的作家になってからのガルシア・マルケスは、あちこちでラテンアメリカ人という自分の立場を強調し、フエンテスやカルペンティエール、コルタサルらとともに、ラテンアメリカ世界について「みんなで一つの大きな小説を書いている」と断言することもあった。

一見単なる突飛な思いつきとも映るこんな発言も、いま振り返ってみれば、ガルシア・マルケスが自分の小説、さらにはラテンアメリカ小説を世界に向けて売り込むための巧みな宣伝戦略の一環だったように思われる。カラカスで広告業に従事した経験のあるカルペンティエールも自作の売り込みには長けていたが、ガルシア・マルケスも、メキシコシティで数年間広告代理店に勤務した経験を通じて、人の好奇心をそそるためのノウハウを身につけていたことが伝記作家ジェラルド・マーティンによって指摘されている。どうやらガルシア・マルケスは、すでにカルペンティエールが打ち出していた路線を継承して、「ラテンアメリカ」という冠をつけることが、世界に向けて自分たちの小説を売り出すための鍵だと直感的にわかっていたようだ。

そして同じ六七年、中米における帝国主義企業の横暴を告発する「バナナ三部作」の刊行を終えていたミゲル・アンヘル・アストゥリアスがノーベル文学賞を受賞すると、本人もマスコミも、この栄誉を台頭しつつある「ラテンアメリカ小説」に向けられた世界的称賛の表れと評価し、ラテンアメリカ作家の連帯を後押しした。

さらに、キューバ革命支持の立場で政治熱を高める作家たちの間に広まっていった「ラテンアメリカ主義」がこの傾向に拍車をかける。一九六八年のパリ五月革命を前に、世界各地で若者たちの過激な政治熱が広まっていくなか、フエンテスやバルガス・ジョサがラテンアメリカ全体の社会革命に作家や文学作品が寄与する可能性を声高に論じはじめると、この動きに多くの知識人や若者が呼応し、一つの運命共同体としてのラテンアメリカが国際的に注目を集めるようになった。

六三年のキューバ訪問以前には、ラテンアメリカという政治的単位をさほど意識していなかったコルタサルでさえ、六〇年代半ばから急速に政治問題への関心を深め、ラテンアメリカ作家としての自らの使命に目覚めはじめた。すでに論じたとおり、元来コルタサルはラテンアメリカ地域の政治・社会問題とほぼ無縁な創作を貫いていたが、六三年以降は、一方でこれまでどおり幻想文学や手法的実験の小説を書き続けながらも、社会革命と創作の接点を模索しはじめ、時に詭弁《きべん》と紙一重の議論で自作の「革命的性格」を力説することがあった。

一九七〇年、チリでサルバドール・アジェンデを首班とする社会党・共産党の連立政権が選挙によって合法的に成立すると、作家たちの政治的気運はさらに高まり、同時にラテンアメリカ、そしてその文化・文学に向けて世界から注がれる視線も熱くなっていった。

こうした政治的・文化的情勢を背景に、ガルシア・マルケスの成功に沸いた一九六〇年代末から七〇年代初頭にかけて、「ラテンアメリカ」という「ブランド」のありがたみを身にしみて感じたのは、他ならぬカルメン・バルセルスだったことだろう。同じ時期、ファンタジーとリアリズムを融合した小説を指す言葉として以前から存在していた用語「魔術的リアリズム」が、『百年の孤独』のヒットとともに一般読者にも定着し、これがラテンアメリカ小説の売り込みには絶好の宣伝文句となった。

そもそも、欧米の現代小説を積極的に翻訳出版していたラテンアメリカの出版社と違って、自国に強固な文学の伝統を持つフランスやイギリス、アメリカ合衆国の出版社に外から文学作品を売り込むのは容易ではない。文化的プライドの高いフランスの出版社は、三〇〇万人ものアメリカ人を魅了した小説など疑ってかかるほうが賢明だという理由で長い間『風と共に去りぬ』の翻訳出版をしぶった。また、国内外に英語圏の大きなマーケットを抱える英米の出版社は、一九六〇年代でも外国文学の版権取得に積極的ではなかった。

バルセルスは当初、そんな国々にヌーヴォー・ロマン風の実験小説を売り込んで先進的読者の注目を集めようと目論んだが、文字通りそれは「大間違い」だった。むしろ、第三世界というラテンアメリカの位置づけを容認し、ヨーロッパ文学の主流から外れた傍流の文学、さらに言えば、政治と芸術を混同した「時代錯誤的」文学として「魔術的リアリズム」を売り込んだほうが、先進国の読者には抵抗なく受け入れられる。ラテンアメリカ文学が「魔術的リアリズム」と称されてしまうこと自体、これをリアリズムからの逸脱とする規範の黙認を意味することにはすでに触れたが、ラテンアメリカ小説を先進国に売り込む際に好都合なのは、まさにこうした「逸脱」、「珍品」のレッテルだった。

『百年の孤独』の華々しい成功の裏側で世界的名声への地歩を固めつつあった作家の多くも、作品のテーマや本人の意思とはまったく無関係に、出版社や代理人による「ラテンアメリカ文学の新星」という触れ込みに後押しされることがあった。

その代表的な例を挙げるなら、『リタ・ヘイワースの背信』(一九六八)により一九六五年のビブリオテカ・ブレベ賞でファイナリストとなって(審査員の一人だったバルガス・ジョサの反対で受賞はならず)以来、大胆な映画的手法を取り入れて小説形式を刷新したアルゼンチンのマヌエル・プイグ、そして一九六〇年代のキューバ小説の双璧をなす二人の作家、ホセ・レサマ・リマとギジェルモ・カブレラ・インファンテだろう。

プイグの初期作品、とりわけ『リタ・ヘイワースの背信』や『赤い唇』（一九六九）は、内容だけみればラジオドラマやB級映画で扱われるメロドラマの域を出ていない。むしろ、そのおもしろさは、そうした通俗的・庶民的感性を対話や独白、シナリオ形式や書簡体といった多様な手法を盛り込んだ斬新な形式で再現した時にできあがる疑似的現実、その視覚的イメージ豊かな作品世界にある。アルゼンチンの田舎町を舞台にしているとはいえ、プイグの文学にカルペンティエールやガルシア・マルケスのようなラテンアメリカ性を見出すのは困難だが、それでもやはり彼の小説は、しばしば「ラテンアメリカ文学」という枠組みのなかで取り上げられた。

エルネスト・サバトやファン・ホセ・サエールから軽薄な作家として蔑まれ、一九七〇年代以降は比較的好意的な態度を示していたバルガス・ジョサにさえ、「時代の流行や神話に頼りすぎた」「人工的な」「軽い文学」と評されたプイグの作品が、いまやすっかり色褪《あ》せた感が否めないながらも現在まで生きながらえているのは、一九八五年に映画化された『蜘蛛《くも》女《おんな》のキス』（一九七六）の成功に助けられたこともあるが、実はラテンアメリカ文学のブームに首尾よく組み込まれたからだった。

キューバの二人――レサマ・リマとカブレラ・インファンテ

プイグより豊かな文学的才能に恵まれ、それぞれ『パラディソ』、『TTT』というラテンアメリカ文学史に残る傑作長編を残したレサマ・リマとカブレラ・インファンテについては、キューバ革命政府の動向と照らし合わせながら、さらに詳しく論じる必要があるだろう。

レサマ・リマは、一九一〇年に軍士官の息子としてハバナで生まれ、喘息《ぜんそく》持ちで病弱な少年時代を過ごしたが、一〇歳で『ドン・キホーテ』を読んで以来、旺盛な読書欲を発揮して、キューバの国民的詩人ホセ・マルティやスペイン古典文学、古代ギリシア・ローマの代表的作品、そして、ダンテ、ヴィーコ、ゲーテ、マラルメ、プルーストといったヨーロッパの作家はもとより、孔子や老子、仏教哲学の本まで、世界中の名著を読み漁《あさ》った。

ラテンアメリカ文学でこれほど強烈な「知のエロス」にとりつかれた作家はめずらしく、一九三八年にハバナ大学法学部を卒業すると、詩作を中心に本格的な創作に取り組む傍ら、ブエノスアイレスと並んで欧米に扉を開いていた港町ハバナで、『オリヘネス』(一九四四～五六)を中心に文学雑誌の「窓」を開き、貪欲に世界の文化芸術を吸収した。『パラディソ』に現れる言葉を用いて言えば、彼はこの修業時代に、「普遍的知識という木のさまざまな枝で葉を啄《ついば》むのみならず、高ぶる批判的情熱のアーモンドをその葉で包んでいた」。「イメージによって自分を普遍化したい」と述べたこともあるレサマ・リマは、多くの散文作品を残してはいるが、本来は生粋の詩人だった。

カルロス・フエンテスが繰り返したとおり、彼にとって「知」とは「詩作」そのもの、すなわち、言葉によって世界を詩的イメージに変えることだった。一九四九年にその冒頭部が

『オリヘネス』に発表された後、六六年にようやくハバナのウニオン社から単行本として刊行された『パラディソ』は、六〇〇ページに及ぶ巨大長編であり、主人公ホセ・セミーの成長を追った教養小説の枠組みを用いてはいるものの、本質的には詩的イメージの連鎖にほかならない。『神曲』や『失われた時を求めて』といった作品と比肩されることもある小説だが、実は『パラディソ』の本質を的確に表現しようとすれば、セミーについて書かれた次の一節を本文から引用するのがもっともふさわしいかもしれない。

詩を書くこと、目的の定まらないその言語的探究が彼の内側に不思議な感性を育《はぐく》み、魂の集まりに列席した巫女《みこ》のごとく鎮座する言葉が、空間的まとまりとともにアニミズムの活力で浮き上がってくる。

喘息持ちで同性愛的傾向もあるセミーの鋭敏な感性を中心に据えて、ヨーロッパやアメリカ大陸はもちろん、日本も含むアジアやアフリカ、オセアニアから広範な芸術作品や文化的事象を取り込みながら（「逆エキゾチズム」と評されることまである）、レサマ・リマは日常生活のあらゆる局面を詩という言語的探究で表現する。

死や愛はもちろん、学生たちの議論やデモ行進、さらには食事やチェスの勝負といった卑近な出来事、そして手術によって母の体から摘出された腫瘍《しゅよう》までが、研ぎ澄まされた言語的洗練によって美しいイメージに変わる。凡庸な日常世界からの避難場所として、知ることと詩を書くことが一致する人工楽園を作り上げ、この不可能な世界にオマージュを捧げた点で、『パラディソ』をミルトンの『失楽園』に連なる作品と位置づけたカブレラ・インファンテの指摘は的を射ている。

他方、カブレラ・インファンテは、一九二九年にキューバ東北部の地方都市ヒバラで過激な共産党員の家庭に生まれた。一三歳で『サティリコン』を読んで読書に目覚め、一九四七年にアストゥリアスの『大統領閣下』を読んで、「これが作家だというなら、僕だって作家になれる」という確信とともに創作へ乗り出す一方、この同じ時期、夜間学校へ通って英語を完全にマスターしたことが、後の作家キャリアの重要な支えとなった。

一九五〇年代には映画熱に囚われ、雑誌『カルテレス』などで映画評論を展開したが、映画の視覚的手法を小説の創作に応用したマヌエル・プイグと違って、カブレラ・インファンテはあくまで言語芸術としての小説に忠実であり続けた。また、一九四〇年代、五〇年代を通して広くヨーロッパやアメリカ合衆国の古典文学や最新の文化動向に触れ、言語芸術への関心を深めていった点はレサマ・リマと共通しているが、カブレラ・インファンテが興味を持ったのは、詩的イメージを生み出す媒介としての言葉ではなく、音声的側面を中心とした言葉、新たな創造を生み出す原動力となる言葉それ自体だった。ルイス・キャロルやローレンス・スターン、ジェイムズ・ジョイスやウラジミール・ナボコフなど、言語的刷新にあふれる英語圏の文学に親しんだ彼は、キューバがアメリカ人の保養所と化していたバティスタ独裁政権時代の歓楽街「エル・ベダード」で、華やかなダンス音楽の裏側に英語とスペイン語の交錯する狂喜乱舞の世界に浸り、やがてこの地を舞台に小説を書いてみようと思い立つ。

キューバ革命の成功に熱狂したカブレラ・インファンテは、『レボルシオン』紙の週刊文芸版『ルーネス・デ・レボルシオン』を通じて文化活動に尽力し、六一年には弟サバとともに、ハバナのナイトライフを描いたドキュメンタリー映画『P.M.』を制作したものの、これが検閲にかかって上映を禁止される。以降、冷や飯を食わされるようになった彼は、在ベルギー・キューバ大使館の文化担当官として政治の中心から追放されたが、『P.M.』の試みを引き継いで執筆を開始した文章が次第に膨らみ、これを『熱帯の夜明けの景色』というタイトルで小説にまとめると、六四年のビブリオテカ・ブレベ賞を受賞した。

翌六五年、キューバに一時帰国してその荒廃ぶりに失望し、永遠の亡命者となる決意を固めると、カブレラ・インファンテはパスポートもないままロンドンに居を定めた。受賞作に推敲《すいこう》を施して完成した『TTT』は、六七年にセイス・バラル社から出版されたが、これがフランコ政権の検閲にかかり、最終版からは、性的暗示を含む箇所を中心に、二二に及ぶ断片が作者の許可なく削除されていた。

『パラディソ』と同じく、『TTT』も世界各地から芸術文化を取り込み、これを物語の動力としているが、ここにできあがるのは美しい詩的イメージの連鎖ではなく、卑俗とすら言える滑稽な挿話の連続だった。これを象徴するのが、「バッハ騒ぎ」と題された長い章の冒頭で、主人公の二人組、シルベストレとアルセニオが交わすバロック音楽談義だろう。二人はハバナの海岸通りを車で走りながら、ラジオから流れてくる協奏曲に耳を傾けているが、突如この曲への賞賛を口にしたアルセニオは、唖然《あぜん》とするシルベストレを尻目に、もっともらしい難解な専門用語を駆使してバッハの偉大さを延々と論じ続ける。やがて音楽が途切れてアナウンサーの声が入り、実はこれがヴィヴァルディの曲であったことが判明する。

スノッブ的精神で手当たり次第に外国文化を輸入した「熱帯文化」の成立にともなうこうした滑稽な混乱を描く一方、カブレラ・インファンテは、時に英語を中心とした外国語の助けを借りながら、スペイン語表現の可能性を極限まで追究し、駄洒落、回文、早口言葉、文体模写、パロディなど、さまざまな言葉遊びで物語を埋めていく。そして言葉の力で「熱帯文化」を食い尽くしていくうちにできあがったのは、作品の冒頭で「キューバ語」と呼ばれてはいても（後にカブレラ・インファンテはこの「注記」を後悔した）、実際にはキューバの枠を超えた普遍的スペイン語だった。

世界の文化とスペイン語、同じ二つの材料を出発点としながら、レサマ・リマはそこから洗練の粋をきわめた詩的イメージの世界を作り上げ、対するカブレラ・インファンテは、卑俗な笑いに貫かれた言語的カーニバルを生み出したのだ。

国際的評価とキューバの抑圧

『パラディソ』と『TTT』はさまざまな意味で好対照をなす小説だが、これほど難解な作品が批評界のみならず、商業的にも成功を収めたのは、ラテンアメリカ、とりわけキューバのブランド力に負うところが大きい。すでに明らかだろうが、実際のところ、『パラディソ』はもちろん、『TTT』も、カルペンティエールやガルシア・マルケスに見られる「ラテンアメリカ色」とはほぼ無縁と言っていい。

出版当初こそキューバ革命政府に対する姿勢を慎重に留保していたカブレラ・インファンテだが、六〇年代末に反カストロの姿勢を明確にして、キューバに肩入れする作家たちとの親交を断って以降は、自分の作品が「ラテンアメリカ文学」の枠組みに入れられることを嫌い、『TTT』に対して「ブームの一角を担った」などの評価でも下されようものなら、「クソくらえ」と悪態をついて怒りを露《あら》わにした。それでも『TTT』には、再版のたびにラテンアメリカ小説の傑作というレッテルが貼られ続け、おかげで本人もその恩恵を受けたことは否定できない。

『パラディソ』については、「ラテンアメリカ」のレッテルに加えて、ラテンアメリカ作家たちの後押しがなければ、現在のような世界的名声を手にすることもなかったかもしれない。一九六六年の初版は、現在ではほとんど残っていないほど少数の手にしか渡らず、キューバ国外ではほぼ流通しなかったが、その幸福な少数者の一人、フリオ・コルタサルがこの作品に衝撃を受け、パリから広報役を買って出た。一九六八年にブエノスアイレスのラ・フロール社から刊行された第二版(同年中に二度も増刷された)は、ほとんど海賊版も同然で、レサマ・リマもおおいに不満だったようだが、同じ年にメキシコのエラ社が手掛けた版には、コルタサル自ら積極的に校正に協力した。依頼を受けたコルタサルは、インド旅行中も『パラディソ』の初版を持ち歩き、当時外交官としてニューデリーに赴任していたオクタビオ・パスの助言まで時に仰ぎながら、「持病の喘息のせいで」おかしくなったという句読点の打ち方も含め、徹底的に原文を推敲した。パスがエラ社の編集者エマヌエル・カルバージョに送った最終稿をもとに刊行されたこの版は、レサマ・リマ本人を大満足させるほど完成度が高く、文学研究では現在でもこれが決定版と見なされている。

この後もコルタサルは、一九七一年にスイユ社から刊行されたフランス語版に協力したばかりか、グレゴリー・ラバサの翻訳による英米共通版が企画された際には、アメリカ合衆国に住むラバサ(皮肉なことにキューバ系アメリカ人だった)とキューバにいるレサマ・リマの間で直接草稿の受け渡しができないというので、パリで二人の郵便を仲介し、当然ながら両者に有益な助言を与えた。

この間、ラテンアメリカ内でも、バルガス・ジョサやカルロス・フエンテスといった作家、エミール・ロドリゲス・モネガルやアンヘル・ラマといった有力批評家の絶賛を浴び続けた『パラディソ』は、着実にラテンアメリカ文学の「古典」へと登りつめていった。

当初はキューバ革命に賛同していたカブレラ・インファンテと、生涯革命政府に楯突《たてつ》くことのなかったレサマ・リマが、こうしてラテンアメリカ文学史に残る傑作を上梓したとなれば、積極的な文化活動を展開する政府機関カサ・デ・ラス・アメリカスがこれを宣伝材料に使わない手はないはずだった。しかし、すでに二作の出版以前からはじまっていた二人への冷遇は、両者の世界的成功が明らかになった後でさえも、改善どころか悪化の一途をたどった。発足当初、革命政権は創作活動に寛容な姿勢を見せ、有名な「革命に追随するものはすべて許し、革命に反するものは何も許さない」という理念のもと、表面上は教育・文化活動に芸術家たちの協力を要請していた。

だが、実のところ政治指導部が文学者や芸術家を内心快く思っていなかったことは、革命の初期段階からすでに明らかだった。六三年のアルジェリア訪問中にキューバ大使館を訪れたチェ・ゲバラは、同性愛者だった作家ビルヒリオ・ピニェラの『演劇全集』が置かれているのを見つけて、スペイン人作家フアン・ゴイティソーロの目の前でこれを壁に叩《たた》きつけたという。六〇年代半ばからは、自由と批判精神を重んじる作家や知識人は完全に白い目で見られるようになった。六五年に同性愛者の取り締まりが強化されたこともあって、その傾向が明らかだったレサマ・リマやビルヒリオ・ピニェラは次第に迫害され、若手有望株と目されていたレイナルド・アレナスは、サトウキビ畑で強制労働を命じられた。『夜明け前のセレスティーノ』（一九六七）以後、キューバでの出版を断たれたアレナスは、友人を頼って小説の原稿を国外へ持ち出してもらうようになり、そのため、次作『めくるめく世界』（一九六九）は、スペイン語版より先にフランス語訳が出版される事態となった。そしてこの小説がフランスで成功を収めると、彼に対する抑圧は激しさを増した。

同性愛的傾向と無縁な作家でも、「革命に反するもの」とされて自由を奪われるケースは多く、六六年にカルペンティエールが国立出版局の職を解かれてパリのキューバ大使館へ派遣されると、文学活動への締め付けには歯止めが利かなくなった。六八年六月、いま読んでも反革命的要素など見当たらないノルベルト・フエンテス（一九四三〜）の短編集『コンダードの罪人たち』がカストロの逆鱗《げきりん》に触れ、「才能を浪費して」「安易な成功を求める」作家たちへの見せしめとばかり、作者の面前でその一冊が力いっぱい壁に叩きつけられてバラバラになった。

この直後に結果が公表された第四回キューバ国立作家芸術家協会文学賞コンクールで、カストロににらまれていた詩人エベルト・パディージャ（一九三二〜二〇〇〇）が大賞を受賞すると、政治指導部は審査委員会に圧力をかけて撤回させようとした。同じ六八年八月、レサマ・リマ、ピニェラ、パディージャ、いずれとも親交のあったカブレラ・インファンテは、初めてカストロ体制反対の姿勢を明確にし、以後キューバ文学から完全に抹殺される。

その一方で『パラディソ』と『TTT』への国際的評価は上がり続け、まず『TTT』のフランス語版が一九七〇年にその年最高の外国小説に選ばれた後、七一年には『パラディソ』のイタリア語版が同じくその年最高の翻訳小説という栄誉に輝いた。だが、この同じ時期、カブレラ・インファンテは亡命の地ロンドンで極貧生活に喘ぎ、また、かなり前からハバナで孤立無援の隠棲生活を強いられていたレサマ・リマは、イタリアの出版社から授賞式への招待があったにもかかわらず、出国の許可すら与えられなかった（カルペンティエールによれば、太りすぎで飛行機に乗れなかったからだというが……）。ガルシア・マルケスとコルタサルを筆頭に、多くのラテンアメリカ作家がキューバへの支持を続ける裏側で、国内では彼らの理念と明らかに矛盾する事態が進行しつつあったのだ。

ブームに乗り遅れなかった作家——ホセ・ドノソと『夜のみだらな鳥』の成功

同じ時期、こうした政治問題とは距離を置き、着々と記念碑的大作の執筆を進めていたのが、ブームの世代でもっとも文学に専念した作家と評されたホセ・ドノソだった。といっても、ドノソはラテンアメリカ作家との接触を拒んでいたわけではなく、それどころか、人一倍虚栄心と嫉妬心の強い作家だった彼は、フエンテスやバルガス・ジョサ、ガルシア・マルケスの相次ぐ成功を羨望と劣等感の交錯する思いで眺め続け、なんとしてもブームの箱舟に乗り込もうといつも躍起になっていた。

一九二四年（二五年とする資料もあるが、これは留学のための奨学金申請の際に出生年をごまかしたのが原因と言われている）にチリの名門家に生まれ、病弱な少年時代を過ごしたドノソは、芸術に理解ある家庭環境で読書に励んだ。その一方で、退廃期に差し掛かっていたブルジョア階級を成長とともに毛嫌いし、パタゴニア放浪、ブエノスアイレスでのルンペン生活、プリンストン大学留学という何とも風変わりな経歴を経た後、サンティアゴで本格的な創作に取り組みはじめた。

英国系のエリート学校で中等教育を受けたこともあり、彼は作家キャリアを通じて英米文学への強い愛着を抱き続けたが、一九五五年から五八年にかけて二つの短編集と長編『戴冠』（一九五八）を発表し、チリの文壇からある程度の評価を受けて以降は、現代ラテンアメリカ文学の動向も強く意識するようになる。カルペンティエール、コルタサル、サバト、バルガス・ジョサ、さまざまな作家の作品を読み進めるなかで、ドノソがもっとも深く感銘を受けたのはフエンテスの『澄みわたる大地』だった。

そして彼の目がラテンアメリカに向けて大きく開く契機となったのは、六二年にチリのコンセプシオンで、詩人ゴンサロ・ロハス（一九一六〜二〇一一）を主催者として行われた「知識人会議」だった。この場で、カルペンティエール、ホセ・マリア・アルゲダス、ホセ・ビアンコ、パブロ・ネルーダらと同席し、フエンテスと出会ったことが、チリの閉塞《へいそく》的な文化環境で窒息しかかっていたドノソの救いとなった。『戴冠』で成功を収めた後、ドノソはすでに六〇年頃には次回作『夜のみだらな鳥』の着想を得ていたが、手法的未熟や体調不良に加え、同世代の作家たちの成功にともなう自信喪失も重なって、すぐに執筆は行き詰まり、原稿を書いては破り捨てる悪循環にはまりこんだ。

　友人の窮状を敏感に見て取ったフエンテスは、躊躇《ちゅうちょ》なく彼に救いの手を差し伸べ、『戴冠』の英訳出版契約を名門クノップフ社から取りつけた（この知らせを聞いたドノソは電話口で卒倒したという）うえ、六四年にメキシコのチチェンイツァーで行われた第二回作家会議に彼を招待した。知的刺激に満ちたメキシコ滞在は絶好のリハビリとなり、ようやくスランプ脱出のきっかけをつかんだドノソは、『夜のみだらな鳥』の執筆を一時中断して、フエンテス邸に居候しながら中編『境界なき土地』（一九六六）に取り掛かった。

　過疎化の進む町にあって、老獪《ろうかい》な農園主の計略と粗野な運転手の暴力に翻弄されながら、性的倒錯者と性的に未熟なその娘が共同経営する売春宿を舞台に、独特の破滅的ヴィジョンを打ち出したこの小説は、現在までドノソの佳作として広くスペイン語圏で読まれている。

ホセ・ドノソ

　当初この小説はチリの小出版社から発表される予定だったが、フエンテスの強い勧めによって、メキシコのホアキン・モルティス社から刊行された。これである程度虚栄心を満たされたドノソは、ようやく本格的に『夜のみだらな鳥』の執筆を再開する。
　最終的に一九七〇年にセイス・バラル社から出版された『夜のみだらな鳥』は、『澄みわたる大地』や

『都会と犬ども』、『石蹴り遊び』や『百年の孤独』と並ぶブームの金字塔として現在まで高い評価を受けている。作者自身によれば、『夜のみだらな鳥』は「迷宮とも分裂症とも言えるような小説」であり、そこでは、「現実と非現実、睡眠と覚醒《かくせい》、夢と幻覚、これまでの体験とこれからの体験など、さまざまな局面が混ざり絡まり合って、何が現実なのか決して明かされない」。支離滅裂な分裂症的語り手ムディートことウンベルト・ペニャロサを中心に据えて、名門エリート一族のアスコイティア家とその使用人たちが繰り広げる醜悪な権力闘争を描くこの小説は、悪魔的としか呼びようのない不気味な世界を作り上げている。

その中心をなす二つの舞台、リンコナーダ屋敷とエンカルナシオン修道院は、エリート階級が国にもたらした「怪物」と「廃棄物」、「ごみ」と「垢《あか》」の集積所であり、ここにドノソは、出口なしの状態に陥って崩壊の危機に瀕《ひん》したチリ・ブルジョア階級の断末魔を投影した。作中の言葉を借りれば、「最終的破局の直前に時が潰《つい》える狂気の瞬間」をもっとも鮮やかに具現しているのは、目、鼻、口、尻など、体の穴をすべて塞《ふさ》がれた究極の怪物「インブンチェ」と、従兄妹《いとこ》同士の結婚からアスコイティア家唯一の嫡出子として生まれた奇形児「ボーイ」であり、ドノソにとってはこれこそがブルジョアに牛耳られた国の未来の象徴だった。一九七〇年以降チリが歩んだ道のりと、『夜のみだらな鳥』に打ち出されたグロテスクなヴィジョンを照らし合わせてみると、この小説の予言的性格が浮き彫りになっていっそう興味深い。

八年の歳月を経て完成された『夜のみだらな鳥』は、セイス・バラル社の分裂により最終的に受賞はならなかったものの、一九六九年のビブリオテカ・ブレベ賞に選ばれた。七〇年に刊行されると、コルタサルやフエンテス、バルガス・ジョサはもとより、ファン・ゴイティソーロやルイス・ブニュエルなどから絶賛を浴び、商業的にも大きな成功を収めた。これほど膨大で複雑な小説にしては翻訳も早く進み、フランス語版はスイユ社から七二年に、英語版はクノップフ社から七三年に発売されている。

『夜のみだらな鳥』に対して、『百年の孤独』に比肩するラテンアメリカ小説の傑作という評価が与えられると、ドノソはこの機を逃さず積極的にブームの作家たちと親交を深め、ラテンアメリカ・ブランドのご利益にあやかった。一部からは自分をブームのメンバーに加えるために慌てて執筆したと揶揄されもする回想録『ブームの個人史』（一九七二）は、貴重な証言を含む重要な歴史的資料だが、作者の真意はどうあれ、ドノソのブームへの合流を確定させる作品であったことも間違いない。

こうして七〇年代初頭、ブームの箱舟に最後の乗組員が加わり、フエンテス、バルガス・ジョサ、コルタサル、ガルシア・マルケス、ドノソという「ブームの五人衆」が確定した。

ブームの中心地となったバルセロナ

一九六〇年代まで、ブエノスアイレス、メキシコシティ、パリの三都市を拠点に動いていたラテンアメリカ文学は、一九七〇年頃からその中心地をバルセロナに移していく。

セイス・バラルやプラサ＆ハネスといった有力出版社が本社を構えるこの文化と芸術の町に、ガルシア・マルケスはすでに一九六七年から居を定めていたが、続いて六九年にドノソ（後にバルセロナから内陸へ入ったカラセイテに落ち着く）、七〇年にバルガス・ジョサがやってきたのは、敏腕代理人カルメン・バルセルスの尽力によるところが大きい。印税などの収入によって作家に安定した生活を確保することこそ文学代理人の務めと心得ていた彼女は、当時ロンドン大学キングズ・カレッジで教員生活を送っていたバルガス・ジョサに、給料と同額の収入を保証してバルセロナに呼び寄せ、ひどい躁鬱《そううつ》でしばしばノイローゼに陥ったドノソに対しては、時に精神カウンセラーの役回りまでこなした。

出版業界の重要人物が多く住むこの町にラテンアメリカの作家が集結したことで、バルセルスの作業効率は格段に上がり、これがラテンアメリカ文学のブームを後押しした。その後も、ホルヘ・エドワーズやセルヒオ・ピトルといった作家がこの町に落ち着き、時折訪れるコルタサルやフエンテスとともに、一九七四年頃まで家族ぐるみの交流や、本の発表会や講演会などの活動が続いた。

『ラ・カテドラルでの対話』に続き、文学研究書『ガルシア・マルケス――神殺しの物語』（一九七一）の執筆も終えていたバルガス・ジョサは、ガルシア・マルケスの住むサリアー地区、それも彼の家からわずか一ブロック半のところに家族揃って引っ越し、以後二人の友情は急速に深まった。両家族が揃って食事をとる機会も多く、また、ガルシア・マルケスとバルガス・ジョサが、二人きりで文学や政治を中心にあれこれ議論を交わしながら町を散歩することもあった。

そして一九七〇年は、二人を中心に、ブームの作家たちが友情を深める場に恵まれた一年だった。八月、自らの戯曲『王様は片目』（一九七〇）がアヴィニョンで初演を迎えるというので、フエンテスは作家仲間を招待し、一五日には、そこから近いセニョンにコルタサルが所有していた別荘で盛大なパーティーが行われた。出席したのは、コルタサルとその愛人ウグネー・カルヴェリスのほか、ガルシア・マルケス夫妻、バルガス・ジョサ夫妻、ドノソ夫妻、フエンテス、フアン・ゴイティソーロであり、実は、「ブームの五人衆」が全員顔を揃えたのは後にも先にもこの一度しかない。

一〇月には、フランクフルトのブックフェアでラテンアメリカ文学が大々的に取り上げられ、アストゥリアス、ガルシア・マルケス、バルガス・ジョサ、エドワーズ、プイグ、レニェロらが勢揃いした。一二月には、ルイス・ゴイティソーロ（フアンの弟）邸で開かれたクリスマスの夜会に、ガルシア・マルケス夫妻、バルガス・ジョサ夫妻、ドノソ夫妻、コルタサルとカルヴェリス、バルセルス、ピトル、アナグラマ社の創設者ホルヘ・エラルデらが招待され、大みそかには、バルガス・ジョサ夫妻とドノソ夫妻がガルシア・マルケス邸で夕食に集った。

こうして一九五〇年代末から少しずつ育まれてきた作家たちの友情は、この年に最高潮へ達した。だが、ドノソが後に振り返っているとおり、ルイス・ゴイティソーロ邸での集いは、「まとまりとしてのブームの終わり」を告げるイベントでもあった。キューバ問題に関する意見の違いが次第に鮮明になっていたうえ、彼らが共同企画した雑誌『リブレ』も、編集方針をめぐる対立で新たな火種をもたらした。そして、彼らの結束に決定的な亀裂を入れたのが「パディージャ事件」だった。

パディージャ事件と作家たちの反目

一九七一年三月二〇日、すでに以前からキューバ革命政府当局に目をつけられていた詩人エベルト・パディージャが逮捕された。四月五日に拘束中のまま自己批判文書に署名した後、四月二七日に保釈されて公の場に現れた彼は、不自然な調子でこれまで自分が犯してきた過ちを認め、妻ベルキス・クサ・マレを筆頭に、ノルベルト・フエンテス、ビルヒリオ・ピニェラやレサマ・リマなど、身内や親しい友人を含む文化人数名の反革命的態度まで糾弾した。パディージャによる反省の弁が革命政府による圧力の結果だったことは誰の目にも明らかで、スターリン時代を彷彿とさせる言論統制や作家の弾圧を前に、世界各地から抗議の声が上がった。

四月九日、ジャン・ポール・サルトルやシモーヌ・ド・ボーヴォワル、フアン・ゴイティソーロらとともに、バルガス・ジョサ、コルタサル、プリニオ・アプレヨ・メンドーサ（一九三二〜）など、ヨーロッパに住んでいた多くのラテンアメリカ作家が集ってカストロ宛てに抗議の書簡をしたためた（署名者の一人としてガルシア・マルケスの名前も含まれている）が、その後の推移が作家たちの分裂を不可避にした。

社会主義者を公言し、個人的にもカストロを敬愛していたガルシア・マルケスは、事件当時妻とともにカリブを旅行中であり、抗議書簡に署名した事実はないと後に主張したのみならず、事件に関して慎重に沈黙を貫いた。最初の妻アウローラ・ベルナルデスと別れた後、過激なカストロ主義者のカルヴェリスと付き合いはじめたことで、積極的な革命支援運動に乗り出していたコルタサルは、最初の書簡こそ仲間たちに押されるように署名したものの、それがカストロの逆鱗に触れたと見るや、わざとらしい称賛の言葉を並べた詩まで書いてご機嫌取りをはじめた。

他方、四月三〇日の演説でカストロが作家たちに向けて放った呪詛《じゅそ》の言葉にもひるまず、毅然《きぜん》とした態度で抗議を続けたのがバルガス・ジョサだった。すでに六七年、ロムロ・ガジェゴス賞受賞の知らせに際して、キューバ政府の命を受けて密《ひそ》かに彼と接触を求めてきたカルペンティエールから、同額の年金と引き換えに賞金をベネズエラのゲリラ・グループに寄付するよう要請を受けて以来、バルガス・ジョサはキューバへの不信感を募らせていた。創作活動の自由を重んじる彼にとって、パディージャ事件が容認できない犯罪行為と映ったのは当然だろう。

バルガス・ジョサが中心となって執筆し、五月二〇日に公表された第二の抗議書簡は、いっそう叱責《しっせき》の調子を強めていた。これに対してまたもやキューバ政府が怒りを露わにすると、作家たちとカストロ体制の協力関係は完全に崩壊する。カルペンティエールが終始一貫して革命政府に忠実な姿勢を貫く一方で、ロンドンに亡命していたカブレラ・インファンテはカストロ批判の姿勢を明確に打ち出し、六六年にアメリカ合衆国訪問を非難されたことでキューバにわだかまりを抱いていたカルロス・フエンテスも、以後反カストロ的な態度を取るようになった。

こうした政治的立場の違いは、作家たちの友情にも亀裂を入れた。カルペンティエールとカブレラ・インファンテはその後犬猿の仲となった（外国人の両親を持つカルペンティエールが、カブレラ・インファンテに触れて、「あの男はキューバ人ではない」と罵《ののし》ったことがある）。コルタサルは、『TTT』を読んで熱烈な賛辞を送り、短編小説「南部高速道路」を一緒に映画化しようと何度もカブレラ・インファンテに書簡を送っていたが、七一年以降、彼との交信をぱたりとやめてしまった。また、七〇年末の時点では固い友情で結ばれていたガルシア・マルケスとバルガス・ジョサも、このあたりから互いに不信感を抱くようになる。

そんな緊張状態にあって、火に油を注いだのが一九七三年にホルヘ・エドワーズが発表したルポルタージュ『ペルソナ・ノン・グラータ』だった。若くから外交職を歴任していたエドワーズは、一九七〇年、大統領に就任したばかりのサルバドール・アジェンデに直接要請を受けて、ハバナのチリ大使館で勤務をはじめた。最終的にエドワーズがキューバに滞在するのは、一二月七日の到着から翌七一年三月二二日までわずか三ヵ月半だったが、その間に彼は、国外で知られていない革命政府の闇を目撃する。

そもそも、六八年のキューバ初訪問に際してパディージャやレサマ・リマと親交していたエドワーズは、到着の時点から革命政府にとって「ペルソナ・ノン・グラータ（好ましからざる人物）」だった。滞在先のホテルに盗聴器が仕掛けられているのはもちろん、その行動はすべてスパイ網の監視下にあった。最終的に彼は、カストロ自身と正面から議論を戦わせた後にキューバを去るが、その直後からバルセロナで執筆したこのルポルタージュには、監視の目と関係者の無言の圧力を意識するにつれて、親友たちの振る舞いも含め、すべてを疑心暗鬼で見つめねばならない状態に置かれた人間の緊張感が克明に再現されている。

パディージャ事件の余韻もまだ冷めやらぬ一九七三年一二月、皮肉にもクーデターによるアジェンデ政権崩壊の直後に出版された『ペルソナ・ノン・グラータ』は、まさに時限爆弾のようにスペイン語圏各地の文壇を震撼させ、ラテンアメリカ作家の連帯を完全に引き裂いた。バルガス・ジョサやオクタビオ・パスがエドワーズの勇気を称える一方、コルタサルはこの後、かつてパリで固い友情を結んだ彼を露骨に避けるようになった。他方、ガルシア・マルケスは、この後もエドワーズとの親交は保ったものの、キューバにおける作家や知識人への弾圧がすでにさまざまなかたちで世界に伝えられていた段階になっても、相変わらずカストロに好意的な姿勢を示し続けたために、バルガス・ジョサから次第に疎まれていく。

二人の政治的反目を決定的にしたのは、一九七五年、ガルシア・マルケスが、革命政府のお墨付きのもと、六週間にわたり息子ロドリゴとともにキューバ各地を旅行した後、貧しいながらも充実した生活を送るキューバ国民とカストロの政治的手腕への賛美を随所にちりばめて執筆した旅行記「キューバ、隅から隅まで」だった。これが同年八月から九月にかけてコロンビアの雑誌『アルテルナティーバ』に掲載されると、カストロとガルシア・マルケスの蜜月《みつげつ》関係がはじまる一方で、キューバの現状と程遠い軽薄な文章に不信感を募らせたバルガス・ジョサは、かつての親友に対する憤怒《ふんぬ》の念をいっそう鮮明に打ち出すようになった。

独裁者小説の隆盛――ブーム最後の輝き

一九七四年六月にバルガス・ジョサがバルセロナを去ってペルーへ帰国して以降、ブームの五人衆の結束は崩れ、ラテンアメリカ小説は核を失った状態になった。だが、作家同士が顔を合わせることはなくとも、特定のテーマに導かれるように文学作品が集結し、絆を作り出すことはこの後もしばしば起こった。

一九七〇年代半ば、そうした磁石のような役回りを果たしたテーマが「独裁者」である。「独裁者小説」が立て続けに発表された背景に、一九七三年九月一一日のクーデターによるピノチェト独裁政権の成立や、アルゼンチンにおけるファン・ドミンゴ・ペロンの政権復帰、ニカラグアにおける反ソモサ独裁ゲリラの攻勢といった政治情勢があったことは間違いない。だが、その直接の出発点は、一九六八年頃にロンドンでバルガス・ジョサとフエンテスが交わした文学談義だった。すでにガルシア・マルケスが架空の独裁者を主人公にした小説に取り組んでいることを知っていた二人は、膨大な数にのぼるラテンアメリカの独裁者列伝を踏まえ、彼らの肖像をテーマとした小説の執筆を同朋たちに呼びかければ、おもしろいアンソロジーができるのではないかと思いつく。

そもそも、ラテンアメリカには二〇世紀を通じて独裁者小説の脈々とした流れがあり、架空の南米国家コスタグアナを舞台にしたジョゼフ・コンラッドの『ノストローモ』(一九〇四)、スペインの文豪ラモン・デル・バジェ・インクランの『ティラノ・バンデーラス』(一九二六)、アルベルト・モラヴィアの『仮装舞踏会』(一九四一)といった外国人作家による作品のほか、すでに論じたカルペンティエールの『エクエ・ヤンバ・オー』や、ファン・ビセンテ・ゴメス独裁政権を糾弾したミゲル・オテロ・シルバ(ベネズエラ、一九〇八~八五)の『熱』(一九三九)、エストラーダ・カブレラ独裁政権下のグアテマラ社会を描いたアストゥリアスの『大統領閣下』などの例を挙げることができる。だが、『ノストローモ』を除いて、小説としての完成度が高い作品は実際のところ皆無であり、一応の評価は受けた『大統領閣下』にしても、カブレラ・インファンテやガルシア・マルケス、バルガス・ジョサが揃って酷評するなど、ブームの渦中にあった現代ラテンアメリカ作家を満足させるような出来栄えではなかった。また、ここに挙げた作品はいずれも、独裁政権下の社会や抑圧的体制下で生きる人々の生活を描いているだけで、独裁者自身の肖像はほぼ手つかずとなっており、その点では、六九年にバルガス・ジョサが発表した『ラ・カテドラルでの対話』も例外ではなかった（テーマは一九四八年から五六年まで続いたマヌエル・アポリナリオ・オドリア独裁政権下のペルー社会）。

最終的にアンソロジー企画は実現しなかったものの、独自に創作を進めていた三人の作家が、一九七四年から七五年にかけて相次いで独裁者小説を発表し、ラテンアメリカの文壇を賑わせることになった。「三大独裁者小説」とも呼ばれる三作、カルペンティエール『方法異説』（一九七四）、ロア・バストス『至高の我』（一九七四）、ガルシア・マルケス『族長の秋』（一九七五）の大きな特徴は、独裁者を作品の中心に据え、その内面を浮き彫りにしながら物語を展開していくところにある。

『方法異説』と『族長の秋』がいずれもラテンアメリカの内部に架空の国と独裁者を設定しているのに対し、『至高の我』は、史実の枠組みを利用した歴史小説であり、パラグアイで一八一六年から四〇年まで、「永遠の独裁制」と呼ばれるほど長期にわたる終身独裁体制を敷いた伝説的人物、ホセ・ガスパール・ロドリゲス・デ・フランシアを主人公にしている。広範な歴史的資料をもとに、綿密な時代考証を行ったロア・バストスは、ロドリゲス・デ・

フランシアを英雄として礼讃したトマス・カーライルの『英雄崇拝論』（一八四一）や、一九世紀初頭にパラグアイとの通商に従事したイギリス商人ジョン・パリッシュ・ロバートソンの手紙など、さまざまな文書に小説内で言及している。さらには、フンボルトと南米を探険したことでも有名なエメ・ボンプラン（一八二一年から三一年まで独裁政権下のパラグアイに拘束された）などの歴史的人物を取り込みながら、抑圧的体制下で鎖国同然の状態に置かれた国の閉塞と停滞を再構築した。変化を何よりも恐れる独裁者は、自分の思い通り歴史を書きかえながら時間進行を操作し、独裁政権が理想とする時間、すなわち過去も未来もない永遠の現在に国をつなぎ止めておこうとする。『至高の我』には、主人公の独白を中心に、その内情が詳しく描き出されている。

「余は歴史を書くのではなく、作るのだ。歴史の意味と真実を修正、強化、補足し、思いのままに作り変えることができるのだ」。三大独裁者小説の作者はいずれも、『至高の我』に現れるこの言葉に抗して、独裁政権の公的歴史に隠された真実を取り戻すために創作を進めている。いずれの小説世界においても、国内には厳しい検閲が敷かれており、暗殺、投獄、脅迫、買収、あらゆる手段で真実が隠蔽《いんぺい》されるが、いつもどこからともなく現れる反対勢力が、非合法出版や口コミといった草の根の活動でこれを覆し、私利私欲に蝕《むしば》まれた権力の裏側を暴き出していく。

ブーム世代の遺産として

『方法異説』では、フィデル・カストロがモデルとも言われる登場人物「エル・エストゥディアンテ（学生）」を中心とした社会主義勢力が、地下新聞『リベラシオン』の発行などを通してさまざまなスキャンダルを暴露し、独裁反対運動を後押しする。その一方で、彼との直接対談に臨む独裁者「第一執政官」は、「真実を隠すことしかしない」大臣や腹心に囲まれた自分もまた「プラトンの洞窟《どうくつ》の住人」、すなわち、政権による情報操作の犠牲者にほかならない事実を突きつけられる。『族長の秋』において同じプロセスを描き出したガルシア・マルケスも繰り返し断言したとおり、独裁政権の本質とは、誰を信じればいいのか、自分が一体誰なのか、そうした根底的疑念を引き起こす隔離状態にある。

三大独裁者小説はいずれも、検閲に隠された真実を暴くことで作品内に時間進行を取り戻し、絶対的権力にともなう孤独を独裁者に突きつけて、その支配体制を内側から崩していく。ガルシア・マルケスの描く族長は、大衆の声と自らの内面の声によって、自分が「人生の裏も表も見分けられなかったお笑い草の暴君」でしかなかったことを思い知らされ、独裁制の終焉《しゅうえん》と歴史の再開を知らせる「栄光の鐘の音」とともに民衆に葬り去られる。

『方法異説』において、啓蒙専制君主のラテンアメリカ版とでも言うべき「第一執政官」は、パリやニューヨークでオペラを楽しむなど、ヨーロッパ文化に通じた教養人であり、その点でかなり現実離れした独裁者に見えてしまうが、これに対して、粗野な地方ボスを体現する

「族長」は、非現実的どころか、常軌を逸した存在とすら言えるだろう。裏切り者と目された腹心をそのまま料理して部下たちの晩餐《ばんさん》に振る舞い、累積債務の返済に海をまるごと譲渡する族長の奇行は、一見すると狂気そのものだ。それでいて、『百年の孤独』と同じく、ガルシア・マルケスの天才的語り部ぶりはここでもいかんなく発揮されており、一つひとつの挿話がラテンアメリカの政治的・社会的状況を象徴的なかたちで浮き彫りにする。

パナマの大統領も務めた軍人政治家オマール・トリホスが、「族長」の姿に自分たち政治家の生き写しを認めて感動したというエピソードが残っているとおり、荒唐無稽《こうとうむけい》とも映る物語は、政治権力の神秘的本質をめぐる深い洞察に貫かれている。その点で『族長の秋』は、数ある独裁者小説のなかでもずば抜けた存在感を持っており、ラテンアメリカ最高の小説家というガルシア・マルケスの地位を揺るぎないものとするに十分だった。

独裁者小説と関連して、この時期に発表された小説で注目に値するのは、一九七三年九月一一日のピノチェト将軍によるクーデターに触発されてドノソが着手した傑作『別荘』（一九七八）だろう。奇怪な植物グラミネアの生い茂る平原地帯マルランダに植民地時代から聳《そび》える別荘を舞台に、この地に金鉱を所有するエリート一族ベントゥーラ家の総勢五〇人近いメンバーが、相当数に上る使用人集団とともに、「食人種」の脅威に怯えながら過ごす夏のバカンスは、階級間・人種間の軋轢《あつれき》を抱えるラテンアメリカ社会の縮図であり、ここに展開する物語は、征服から現代的な軍事独裁政権の成立までの歴史をアレゴリー的に再現している。その意味ではガルシア・マルケスの試みと重なる部分も多く、『別荘』を、『この世の王国』にはじまって、『ペドロ・パラモ』や『百年の孤独』、『夜のみだらな鳥』を経由して独自の発展を遂げていた「魔術的リアリズム」の変種と見ることもできる。奇想天外な挿話に富み、すでに世界に広まりつつあった「ラテンアメリカらしい小説」のイメージにもかなう本作は、発売と同時に大きな成功を収め（翌年のスペイン批評賞を受賞）、ひがみっぽいドノソの自尊心もこれで完全に満たされたようだ。

独裁者や独裁政権は現在にいたるまでラテンアメリカ文学の中心的テーマであり続けており、新旧さまざまな作家がこの路線を継承している。一九七七年に『血に怯えたか？』でソモサ独裁政権下のニカラグア社会を描き出したセルヒオ・ラミレスは、七九年から九〇年までサンディニスタ政権の閣僚を務めたが、政権と袂《たもと》を分かって創作に専念するようになると、『仮面舞踏会』（一九九四）や『海がきれいだね、マルガリータ』（一九九八）でも同じテーマを掘り下げ、二〇〇二年発表の『ただ影だけ』では、史実と虚構を交錯させながら政治権力の腐敗を鮮やかに暴き出してみせた。

他方、七三年に『パンタレオン大尉と女たち』で硬直したペルー軍部の実態を軽妙なユーモアで風刺したバルガス・ジョサは、二〇〇〇年発表の『チボの狂宴《きょうえん》』では、ドミニカ共和国のトルヒージョ独裁政権を物語の中心に据えた。

また、一九八〇年にようやくキューバを逃れてアメリカ合衆国に落ち着いたレイナルド・

アレナスは、カストロ体制を糾弾する五部作「ペンタゴニア」の完成に全精力を注ぎ、その最後を飾る『襲撃』（一九九一）では、作家として、そしてホモセクシュアルとして、二重に革命政権から迫害された怒りと怨念のすべてを独裁者に向けてぶちまけた。

このほかにも、アルゼンチンのトマス・エロイ・マルティネス（一九三四〜二〇一〇）やエルサルバドルのオラシオ・カステジャーノス・モヤ（一九五七〜）など、同様の政治的テーマを扱う作家が現在も続々と登場しており、独裁者小説はブーム世代が残した大きな遺産の一つとなっている。

ブームを終わらせた「パンチ事件」

一九七六年二月一二日、メキシコシティのベージャス・アルテス（国立芸術院）で行われたある映画の試写会で、ブームの作家たちがそれまで育んできた連帯を完全に打ち砕く事件が起こる。ジャーナリストも含めた数多くの招待客に混ざっていたのは、ガルシア・マルケスとバルガス・ジョサ、ラテンアメリカ文学のブームを支えてきた二人の世界的作家だった。

一九七四年にまずバルガス・ジョサ、翌年にガルシア・マルケスと、相次いでバルセロナを離れて以降、二人はそれぞれに創作やジャーナリズム活動を続けていた。かつて近所同士だった親友が久しぶりに再会するというので、集まった人々は二人が熱い抱擁を交わす場面を待ち受けた。ところが、両手を広げて笑顔で駆け寄ってきたガルシア・マルケスに、バルガス・ジョサは渾身《こんしん》の力を込めて強烈なパンチをお見舞いし、床に倒れ込む相手を尻目に、妻パトリシアとともにさっさと会場を引き上げた。

ジャーナリズムや口コミを通じてまたたく間に世界中に広がった「パンチ事件」に関しては、これまでさまざまな憶測が流れたが、当事者二人、配偶者も含めると四人いずれもが以後固く口を閉ざしたこともあり、真相はいまだにわかっていない。直接の原因は、バルセロナで、バルガス・ジョサの不在中に、ガルシア・マルケスが車でパトリシアを空港まで送った際に不用意な誘いを行ったことだとも言われているが、そこにいくつもの要因が絡んでいたことは間違いない。まず、当初は魅力的とも見えたガルシア・マルケスの諧謔的態度は、時とともにバルガス・ジョサの鼻につきはじめた。さらに、ガルシア・マルケスが、フィデル・カストロにすり寄っていくばかりか、ペルーの左翼的軍事政権にまで好意的姿勢を見せるようになると、軽薄とも取れるその政治姿勢はバルガス・ジョサにとって許しがたいものとなった。いずれにせよ、この事件以来二人は、公私を問わず頑なに同席を拒否し、ラテンアメリカ現代小説の中核を担っていた二人が反目したことで、作家たちの結束は崩れた。ブームの五人衆が顔を合わせることもこれ以降めっきり少なくなり、それぞれが違う道を歩みはじめていた。

もちろん、作家たちの離散にはさまざまな背景が絡んでいる。文学作品の成功によって「エスタブリッシュメント」となった作家たちには、この頃から祖国やラテンアメリカ全体の政治情勢に応じてさまざまな社会的役割が求められた。

また、長年にわたって精力を注いできた執筆活動が大きな成果を上げるとともに、すでに盛りを過ぎた作家たちは、程度の差こそあれ、創作意欲の枯渇に直面した。若くから人生の目標としてきた二作、『百年の孤独』と『族長の秋』の執筆を終えたガルシア・マルケスは、呪縛《じゅばく》から解かれたように急速に文学への関心を失い、ジャーナリズムや政治活動に打ち込んだ。政治家との接触を異常なまでに欲する彼は、一九七六年三月から四月にかけてのキューバ滞在でカストロの信頼を得て以降、時に堂々と、時に裏からこっそりと、多くの政治的事件に関与し、ラテンアメリカ政治の重要局面にも何度か立ち会っている。一九七七年九月、パナマ運河返還条約締結の際には、トリホス大統領の率いるパナマ使節団に、イギリスの文豪グレアム・グリーンとともに名を連ね、七九年七月にニカラグアでサンディニスタ革命が成功すると、セルヒオ・ラミレスに働きかけて、革命政府とソ連の交渉を仲介した。その後も、スペインのフェリペ・ゴンサーレス、ベネズエラのカルロス・アンドレス・ペレス、フランスのフランソワ・ミッテランなどと親交を結び、「自由左翼」の立場からあれこれと政治的働きかけを行っている。

政治家との付き合いこそ少なかったものの、創作意欲の低下を補うようにして政治活動にのめり込んでいった点は、一九七〇年代以降のコルタサルも同じだった。チリに続いて祖国アルゼンチンでも、七六年のクーデターによって軍事評議会の指揮する権威主義的体制が成立すると、ラテンアメリカ各地の反独裁勢力を積極的に支援し、迫害を逃れた政治的亡命者に救いの手を差し伸べた。また、晩年のコルタサルがキューバ革命にかわって情熱を注いだのはサンディニスタ革命だった。七六年四月、ソモサ独裁政権下のニカラグアに不法入国して以来（短編集『通りすがりの男』所収の「ソレンティナーメ・アポカリプシス」を参照）、革命成立直後からコルタサルは何度もマナグアへ足を運んで文化活動に尽力し、亡くなる直前まで協力を惜しまなかった。政治活動のせいで彼の創作活動は停滞し、いまやコルタサル最悪の作品と評されることも多い長編小説『マヌエルの書』を七三年に発表した後は、短編集『通りすがりの男』（一九七七）がメキシコの文芸雑誌『ブエルタ』に酷評されるなど、一部の例外を除いて、彼の作品が往年の輝きを取り戻すことはなかった。

他方、『別荘』の成功で虚栄心を満たされたドノソは、妻との神経症的生活を乗り越えるとともに、肩の力を抜いて創作を楽しむようになり、『ロリア侯爵夫人の失踪《しっそう》』（一九八〇）や『隣りの庭』（一九八一）といった佳作を発表しながらも、次第にピノチェト軍事政権下にあった祖国チリへの帰国を望むようになった。八一年にサンティアゴに落ち着いて以降のドノソは、とくに軍事政権からにらまれることもなく、長編『絶望』（一九八六）などの執筆を進める一方で、創作教室などを開いて後進の指導にあたり、名声を手にした国際的作家として比較的静かな余生を送った。

七〇年代後半以降も創作意欲を保ち続けていたのは、フエンテスとバルガス・ジョサだった。フエンテスは、スペインとラテンアメリカにまたがってカトリック両王の時代から現代（どころか未来）までの歴史を取り込んだ巨大長編『テラ・ノストラ』（一九七五）の完成以降、さすがに創作にも疲れたのか、一時は在フランス・メキシコ大使の職を受けた。だが、その職を辞して以後は、二〇一二年に没するまで、「時の時代」と名づけた叢書《そうしょ》の枠組みで自らのフィクション世界を完結させるべく、スケールの大きな作品に幾度となく取り組んだ。とはいえ、やはりテーマ的枯渇によるマンネリ化は否めず、時に評論や短編集で往年の冴《さ》えを見せはしたものの、『遠い家族』（一九八〇）、『老いぼれグリンゴ』（一九八五）、『クリストバル・ノナート』（一九八七）といった長編はいずれも、語りの技法や形式的実験ばかりが目立ち、全体としては初期の『澄みわたる大地』や『アルテミオ・クルスの死』に遠く及ばなかった。

　バルガス・ジョサだけは、八〇年代に入っても、一九世紀末にブラジル北部の砂漠地帯で起こった「カヌードスの反乱」を取り上げた大作『世界終末戦争』（一九八一）や、伝説めいたトロツキストの反乱に着想を得た『マイタの物語』（一九八四）など、政治色の濃い意欲作を書き続けていたが、新聞・雑誌で新自由主義の立場から政治的発言を繰り返すうちに、やがて大統領候補として本当に政治の世界に飲み込まれてしまう。すでに七〇年代末にはブームの終息は明らかであり、ラテンアメリカ小説は新たな段階に差しかかっていたのだ。

第5章　ベストセラー時代の到来
——成功の光と影

1976年に第1回の受賞者が発表されたセルバンテス賞は、現在では「スペイン語圏のノーベル賞」とも言われている。写真は2014年度のセルバンテス賞を受賞したフアン・ゴイティソーロ（左）と国王フェリペ6世

娯楽を求める読者の増加

一九七〇年代末からブームの終息が顕著になりはじめ、カルペンティエールの死とともに、停滞感のなかで八〇年代に突入したラテンアメリカ小説は、売り上げだけみれば『百年の孤独』を凌ぐ成功を収めた一冊のベストセラーにより、少なくとも商業的には救われる。その作品とは、それまでまったく無名のチリ人女流作家イサベル・アジェンデ（一九四二〜）によって一九八一年に執筆され、翌八二年にスペインのブルゲラ社とプラサ&ハネス社から共同出版された『精霊たちの家』だ。『百年の孤独』の再来という触れ込みもあり、また、スペインの有力紙に書評などで紹介されたおかげで、発売直後からスペイン語圏全体で驚異的な売れ行きを見せたこの小説は、その後も快調に増刷を繰り返したばかりか、日本語も含め多くの言語に翻訳され、一説にはすでに三五〇〇万部を売り上げたとも言われている。

作者にとっても出版社にとってもまったく予想外だった成功を支えたのは、読者層の拡大と、それにともなう読書行為そのものの変質だった。二〇世紀後半のスペイン語圏、とくにラテンアメリカでは、産業化にともなう都市への人口集中と義務教育の拡充によって識字率が飛躍的に向上し、それとともに、新聞や雑誌のみならず、本を読むという行為が次第に大衆レベルまで根づいていった。

一九七〇年代まで、スペイン語圏で小説を読んでいたのは、特権的教育を受けた中上流階級の一部に限られており、人口の大部分はそもそも読書とまったく無縁な生活を送っていた。

スペイン語圏以外では事情が異なるが、実はラテンアメリカ文学のブームを内側から支えていたのは、こうした一握りの知的読者であり、裏を返せば、だからこそフエンテスやバルガス・ジョサ、コルタサルの難解な長編小説が受け入れられる土壌があったわけだ。日本や欧米の先進国ではすでに、ベストセラーといえば数十万単位の売り上げを意味していたこの時代に、『澄みわたる大地』や『都会と犬ども』、『石蹴り遊び』といった作品でさえも、発売から一〇年でようやく数万部を売り上げた程度であり、『百年の孤独』ですら一〇〇万部までの到達に数年を要した事実をみれば、ブームといっても、その及ぶ範囲がいかに限定的であったかわかるだろう。

これに対し、一九七〇年代後半以降急速に拡大したのは、本を手に取って読むことはできても、難解な小説には耐えられない読者層、簡単に言えば、娯楽として本を読む読者層だった。

イサベル・アジェンデ

その一方で、ブームの世代やそれに追随する作家たちの書く小説は、一九七〇年代以降も難解化の傾向にあった。深刻な政治的・社会的テーマの追究のみならず、時に無意味と紙一重の手法的実験による形式的・文体的刷新が続けられた結果、三大独裁者小説や『テラ・ノストラ』を筆頭に、文学の専門家すら容易に手を出せない難解な作品が次々と発表され続け、作家たちの書きたい文学と読者の求める文学の乖離《かいり》が顕著になっていた。

もちろん、そのギャップを埋める試みがまったくなかったわけではない。六〇年代半ばのメキシコでは、若者をターゲットに口語体のわかりやすい小説を書いた「オンダ（波）」の世代が登場し、バルガス・ジョサに次ぐ「ペルー第二の作家」と評価されたアルフレド・ブライス・エチェニケ（一九三九〜）も、形式的刷新を排した平易な自伝的小説で、ある程度の評価を得ていたが、彼らの作品ですら、新興読者層にはまだ難しすぎた。文学作品として優れた小説を書けば売り上げが伸びるという理想郷の時代はすでに終わっており、商業的成功を手にしようとすれば、思い切って作品のレベルを下げる必要があったのだ。

イサベル・アジェンデ『精霊たちの家』の成功

衝撃的なデビューまで文学活動とほぼ無縁で、作家との交流もなかったイサベル・アジェンデは、駆け出しの時代はもちろん、現在でも、ブームの世代に比肩するほどの文学的素養を備えた人物ではない。『精霊たちの家』が『百年の孤独』の稚拙な模倣と揶揄されたばかりか、アジェンデの作品には構成上の欠陥やステレオタイプへの依存がしばしば指摘されるが、むしろ難解な小説を書けないことこそ彼女の大きな利点だった。

サルバドール・アジェンデ大統領の親戚《しんせき》であり、チリ時代も、一九七三年のクーデターを機にベネズエラへ移って以降も、文学とは縁遠い事務職で生計を立てていた彼女が、『精霊たちの家』を執筆した出発点は、八一年、祖国に残した祖父の危篤を知らされ、彼に宛てて書こうとした手紙だった。それなりの文章力と想像力を持ち合わせていた彼女は、手紙の執筆とともに少女時代の思い出が次々と甦ってくるのを感じて、フィクションを盛り込んでこれを物語にしようと思いつく。といっても、小説作法に無知な素人にできたのは、『百年の孤独』を手本に、愛と憎しみを中心としたわかりやすい挿話を連ねていくことだけだった。だが、期せずしてこれが『精霊たちの家』に、フランスの作家マルク・レヴィの言うベストセラーの三要素、「感傷、サスペンス、超自然的要素」を導入したばかりか、「ラテンアメリカ・ブランド」に合致した相貌まで与えることになる。

一九世紀から一九七三年のクーデターにいたるチリ現代史を背景に、ほぼ四世代にわたるトゥルエバ家の盛衰をたどった『精霊たちの家』の大枠は、明らかに『百年の孤独』からの借用であり、しかも、イサベル・アジェンデはここに、未開地域の開発、農園主と農業労働者の対立、政治闘争、社会主義運動の広まり、軍事政権による弾圧といった、ラテンアメリカ小説に頻出するステレオタイプ的モチーフをふんだんに盛り込んだ。

また、七〇年代末にはすでに人口に膾炙《かいしゃ》していた「魔術的リアリズム」の表層的部分をうまく取り込み、物語を「気の触れた者たちでいっぱいの幌馬車《ほろばしゃ》」に仕立てたことで、念力で物体を動かす超能力と未来を占う予知能力を備えたクララを中心に、作品の要所要所で不思議な出来事を起こすことができた。

無名作家のかなり長い小説であり、稚拙な部分も目立ったため、草稿を受け取ったほとんどの編集者は突き返したが、読者層の移り変わりを敏感に見極めていた代理人のカルメン・バルセルスがこの作品に目をつけ、いつもながらの辣腕を発揮して出版社に売り込んだ。そして、ラテンアメリカの政治・社会問題を扱っていながらも難解な部分はなく、魔術的リアリズムの超自然的要素が盛り込まれてはいても形式、文体ともに平易な『精霊たちの家』に、娯楽の読書を追い求めていた新興読者層はいっせいに飛びついた。

登場人物の不自然な人格形成、短絡的すぎる軍事政権へのヴィジョンなど、この小説の欠点を挙げはじめればきりがないが、スタインベックの『エデンの東』を例にバルガス・ジョサが論じたとおり、「何を伝えて何を隠せば読者の興味をひきつけられるのか」をよくわきまえてさえいれば、読者を物語に没頭させることは可能であり、うまく時流に乗れば、ベストセラーを生み出すこともある。

後の小説で明らかになるとおり、イサベル・アジェンデは「野性的な語り手の才」を備えた作家であり、読者の好奇心をくすぐる才能に恵まれていた。芸術的・学術的価値を持つ作品はまったく書いていないし、そのスノビッシュな言動も含め、常に批判の槍玉に挙がる作家ではあるが、ラテンアメリカで小説の読者層を飛躍的に拡大させた彼女の功績は大きい。『精霊たちの家』の成功によって潜在的読者層の拡大という事実を目の当たりにした出版社は、以後次第に販売戦略を修正するとともに、一〇〇万部単位の売り上げを求めて新人発掘に力を入れはじめた。ついにラテンアメリカ文学も、フレデリック・ルヴィロワの論じる「ベストセラーの世界史」に組み込まれたのだ。

出版社による販売網の拡大とベストセラー作家の発掘

市場の拡大にともなって、一九八〇年前後には出版社も販売や経営の戦略を練り直す必要性に直面し、業界は大きな再編の時代を迎える。ブームの沸騰にもかかわらず、一九七〇年代までスペイン語圏における出版界の国境は依然として高く、有名作家の作品ですら入手が困難な国もめずらしくはなかった。アルゼンチンとメキシコの出版社に頼っていたコルタサルは、七〇年代半ばまでスペイン国内では一冊の短編集も出版していないし、同じくメキシコの出版社を拠点としていたフエンテスの小説は、八〇年代まで十分にラテンアメリカ全体をカバーできなかった。販売部数を伸ばすための障壁を打破すべく、各国の出版社は業務提携や経営統合によって国境を越える販売網を次第に確立していく。その先頭に立ったのは、七五年にフランコ政権の足枷を逃れたスペインの出版社だった。

一九六四年にカミロ・ホセ・セラが創設したアルファグアラ社は、八〇年に大手のサンティジャナ・グループに買収されてその庇護を受けると、文学作品の出版点数を着実に増やし続け、豊富な資金力を頼みにラテンアメリカ各地に拠点を置いて売り上げを伸ばした。また、ブームの牽引《けんいん》車だったバルセロナのセイス・バラルは、七〇年代を通じて何度か経営危機に陥ったものの、八二年に、これも業界大手のプラネタ・グループの傘下に入って息を吹き返し、グループの母体プラネタ社とともに、それまで積み上げてきた実績を活かしてスペイン語圏全体に販路を広げた。同じ一九六九年にバルセロナで設立された文学専門の二つの出版社、ベアトリス・デ・モウラとオスカル・トゥスケッツ夫妻のトゥスケッツ社と、ホルヘ・エラルデのアナグラマ社は、資金力こそ二つの巨大グループに劣るものの、それぞれ独自の戦略を打ち出して話題作を刊行し、八〇年代後半以降はラテンアメリカ各国で書店との連携を強めて売り上げを伸ばした。

こうした流れに乗って成功を収めた作家の代表例と言えるのが、リオデジャネイロ生まれのブラジル人作家パウロ・コエーリョ(一九四七〜)だろう。彼の名を世界中に知らしめる出世作となったのは、羊飼いの少年が宝物を求めてピラミッドへの旅に出るという童話仕立ての長編『アルケミスト』(一九八八)だが、最初ブラジルの小出版社から発表されたポルトガル語版の発行部数は一〇〇〇部にも満たなかった。ところが、スリルと教訓に満ちたこの読みやすい小説に大手のプラネタ社が注目し、スペイン語訳とともにラテンアメリカとスペインに向けて売り出すと、たちまち二〇万部を売る大ヒットとなった。平易な文体に助けられて外国語への翻訳ペースも速かったせいで、成功は短期間のうちに世界へ広がり、一説によれば、二〇〇九年の時点ですでに六七の言語に翻訳され、二〇一二年までの総売り上げは六五〇〇万部に上るという。

スペインが舞台で、ラテンアメリカ色は薄いものの、魔術的リアリズムの表層的部分を取り込みながらベストセラーの三要素を最大限に利用し、読書経験の浅い読者でも楽しめるわかりやすい物語に仕上がっている点では、『アルケミスト』も『精霊たちの家』の路線を踏襲している。この後もコエーリョは、『ヴァルキリーズ』(一九九二)、『ピエドラ川のほとりで私は泣いた』(一九九四)など、あれこれ表層的にテーマを変えながら道徳性の強い寓話を書き続けており、一種の自己啓発本として彼の作品を読む者も含め、現在まで老若男女幅広い読者を獲得している。

スペイン語を母語とする作家でこれに続いたのはチリのルイス・セプルベダ(一九四九〜)だった。八〇年代末までまったく無名だった彼は、八九年発表の中編『ラブ・ストーリーを読む老人』で世界的ベストセラー作家となるが、この作品も、最初にチリの小出版社から発表された時の売れ行きは芳しくなかった。ところが、九二年にメテリエ社からフランス語訳が刊行されてベストセラーになった後、九三年にトゥスケッツ社がこの作品の大規模な再版に乗り出すと、その後数年で三〇回以上の増刷を重ねる大ヒットとなった。作者が実際に体験したシュアール族との生活をもとに、アマゾンの奥地でインディオや動物と共存しながら恋愛小説を読みふける老人アントニオ・ホセ・ボリバルを主人公にしたこの小説も、寓意を前面に打ち出したわかりやすい物語によって、スペイン語圏内外で幅広い読者層に支持された。フランスにおける売り上げは一二五万部を突破したとも言われている。

トゥスケッツ社はその後も次々とセプルベダの小説を手掛けており、九六年発表の、「八歳から八八歳までの若者に向けた小説」と副題のついた友愛の物語『カモメに飛ぶことを教えた猫』も、『ラブ・ストーリーを読む老人』に匹敵する大ヒット作となった。

また、一九八〇年代半ばから大手出版社がこぞって力を入れたのは、イサベル・アジェンデに続く女流作家の発掘だった。ここまでの議論で明らかなとおり、二〇世紀におけるラテンアメリカ小説の担い手はほとんどが男性作家であり、六〇年代や七〇年代を振り返っても、ある程度の反響を得た女流作家の作品は指折って数えるほどしかない。

だが、アジェンデの成功によって、「ラテンアメリカの女流作家」という肩書きが話題性を呼ぶと、明らかに風向きは変わった。八六年にメキシコのアンヘレス・マストレッタ（一九四九〜）が発表し、定評あるマサトラン文学賞の受賞作となった『私の命を引き出して』は、マチスモ（男尊女卑）のはびこるメキシコ社会で高圧的な夫に抗して自由に生きようとする女の姿を描き出し、ラテンアメリカの女性問題と正面から取り組んだことで批評家から一定の評価を得たほか、商業的にもかなりの成功を収めた。この作品も、初版はメキシコの小出版社から発表されており、後にセイス・バラル社から廉価普及版が刊行されて売り上げを伸ばした。マストレッタはそれほど多作な作家ではないが、この後は常にセイス・バラル社を中心とする大手出版社から作品を刊行している。

さらに、メキシコでこれを上回る商業的成功を収めたのがラウラ・エスキベル（一九五〇〜）の『赤い薔薇《ばら》ソースの伝説』（一九八九）であり、適度に魔術的リアリズムの要素をちりばめながら、料理のレシピに乗せて愛と憎しみの家族ドラマを描き出したこの小説は、九二年公開の映画版の成功にも助けられて、長期間にわたり好調な売れ行きを維持した。フエンテスが九五年発表の短編集『ガラスの国境』に収録した「略奪」でこの小説のパロディを行っているところからも、そのインパクトがいかに大きかったかうかがい知れるだろう。

このほかにも、トロツキー派の闘士から作家に転身し、暴力、麻薬、宗教、人身売買などの社会問題をテーマに小説を書いたコロンビアのラウラ・レストレポ（一九五〇〜）や、『日常的虚無』（一九九五）の赤裸々な性描写で話題をさらって以降、歴史小説も含めてさまざまなテーマでベストセラーを発表してきたキューバのソエ・バルデス（一九五九〜）など、多くの女流作家が現在まで人気を博し続けており、プラネタ社やアルファグアラ社、セイス・バラル社など、大手出版社の足元を支えていると言っても過言ではない。

批評版の登場——「カノン化」されるラテンアメリカ小説

現代世界では、『百年の孤独』のように高い芸術性と商業的成功を両立させる文学作品は例外でしかなく、ここに挙げたベストセラーの大半も、一般読者を感動させることはあっても、文学的価値には乏しい。

その一方で、ラテンアメリカ文学のブームを支えた名作を学術的見地から継承する動きが一九八〇年代以降活発化し、発売から二〇年も経たない小説作品が次々と「カノン（規範）」として古典化されている。八〇年代半ばを過ぎると、カルペンティエール、コルタサル、ルルフォ、ボルヘスといった巨匠が相次いで他界し、オネッティ、カブレラ・インファンテ、サバトら、多くの作家が体調不良でほとんど作品を書けなくなり、また、ガルシア・マルケスやフエンテスも含め、大御所の大半が明白な衰えの兆しを見せていたが、大学などの学術機関で彼らの作品が読まれはじめたおかげで、ブームの余韻は九〇年代以降も持続した。

ベストセラーの勢いには及ばないものの、二〇世紀のラテンアメリカ小説を支えた代表作は、『百年の孤独』を中心に、いまもスペイン語圏全体で堅調な売れ行きを維持している。こうした動きに重要な役割を果たしたのが、文学研究者による序文や注、参考文献や年表、場合によってはエッセイや研究論文まで併せて収録した「批評版」の誕生だった。単なる廉価普及版、日本で言う文庫本と違って批評版は、商業的成功を収めただけで文学的価値に乏しい作品と、商業的には不発であっても文学的・学術的価値の高い作品の境界を線引きし、何を後世に残すべきか、その指針を打ち出している。

批評版の先陣を切ったのは、教科書を含めた教育機関向けの出版を主業務にしていたスペインのアナヤ社の文学部門として一九七三年に創設されたカテドラ社であり、その目玉企画となったシリーズ「レトラス・イスパニカス」は、名だたる大学教授を編集に迎え、スペイン語圏古今東西の名作を次々と安価な版で売り出していった。最初の数年間こそスペイン古典文学に占められていたものの、七六年に『トンネル』、七八年に『秘密の武器』が収録されて以降、八〇年代を通じて、『ボルヘス短編選集』、『澄みわたる大地』、『造船所』、『至高の我』、『百年の孤独』、『失われた足跡』、『光の世紀』、『ペドロ・パラモ』、『燃える平原』など、ラテンアメリカ文学の足跡を刻む名作が次々とリストに加わった。二〇〇〇年にはシリーズの総タイトル数が五〇〇を超えたが、その時点ですでに二〇世紀ラテンアメリカ小説の主要部分をほぼカバーしており、現在も着実に点数は増え続けている。

これに対し、オイルマネーに潤うベネズエラ政府の支援を受けて、七四年に創設された「ビブリオテカ・アヤクーチョ」は、ほぼ完全にラテンアメリカ文学に対象を絞った企画である。文芸評論の大御所アンヘル・ラマが陣頭指揮を執ったことで、きわめて優れた文学作品が並ぶとともに、有名批評家や作家の手による質の高い序文とともに出版されていった。刊行のはじまった七六年からファン・ルルフォ全集を手掛けたこのシリーズは、七〇年代にガジェゴス、アストゥリアス、アルルト、アルゲダス、カルペンティエールなどの名作を収めた後、点数だけ見ればカテドラ社ほどのハイペースではなかったものの、九六年には二〇〇タイトルに到達し、同じように現代ラテンアメリカの主要な小説家をほぼ網羅した。また、マシャード・デ・アシスやジョルジェ・アマードなど、ブラジルの作家をポルトガル語からスペイン語に翻訳して出版したり、カブレラ・インファンテの『TTT』を検閲前の完全版で初めて出版したりと、独自の路線を打ち出すことにも成功している。

他にもキューバやコロンビアで批評版の試みは起こったが、その頂点をきわめたのは、ユネスコの支援のもと、ラテンアメリカとフランスの出版社や大学が協力して一九八八年に本格的な出版活動を開始した「コレクシオン・アルチーボス」だろう。序文や年表、参考文献や研究論文はもちろん、作者のインタビューや書簡、出版当時の書評や付き合いのあった作家のコメント、版ごとの違いや草稿研究まで盛り込んで出版するこのシリーズは、研究者や翻訳家、学生にきわめて有用であり、これが一冊あればその作品について修士論文ぐらいは書けると言われるほどのレベルに達している。初年度から『虐げられし人々』、『ドン・セグンド・ソンブラ』、『マクナイーマ』、『パラディソ』、『セサル・バジェホ詩集』といった作品を並べたとおり、このシリーズの意図は文学史的意義の大きな作品を専門的研究によって歴史的展望のなかに位置づけ、文化遺産として後世に遺すことにある。まだ出版点数が少なく、最初の二〇年間は存命の作家を取り上げなかったこともあって、現状ではブームの世代を十分にカバーできていないが、すでに進行中の企画がいくつもあり、今後こうした空白は少しずつ埋められていくだろう。

批評版の発展とならんで、ラテンアメリカ文学のカノン化に大きく貢献したのは、一九七六年に第一回の受賞者が発表されたセルバンテス賞の設立だろう。スペイン語アカデミーの推薦を受けてスペイン文化省が受賞者を決定し、スペイン国王自らが授与式を取り仕切るこの賞は、高額の賞金と年金が授与されるうえ、出版業界への宣伝効果も大きく、現在では「スペイン語圏のノーベル賞」という評価が定着している。二〇ヵ国近いラテンアメリカとスペインから毎年交互に一人ずつ受賞者を出す（ただし最初の数年間には例外も見られた）のが慣例となっているため、ラテンアメリカの作家は圧倒的に不利だが、それでも七七年にカルペンティエール、七九年にボルヘス、八〇年にオネッティ、八一年にはオクタビオ・パスと巨匠が勢揃いし、カノンとしてのこの賞の役割は決定的になった。存命の作家にしか与えられず、ガルシア・マルケスのように前もって受賞を辞退するケースもある（八二年のノーベル賞受賞以降あらゆる文学賞を拒否した）ため、ビッグネームでも欠けているケースがあるが、サバト、フエンテス、バルガス・ジョサ、ロア・バストス、ビオイ・カサーレス、カブレラ・インファンテ、エドワーズ、ピトルなど、ブームに重要な役割を果たした作家の大部分が受賞者リストに名を連ねている。

純文学受難の時代――剽窃事件の真相

批評版やセルバンテス賞によって大御所の仲間入りを果たす者たちと、一〇万部単位の売り上げを稼いで出版社を潤わせるベストセラー作家の狭間で、何とか自分のキャリアを切り開こうとする新顔作家にとって、一九八〇～九〇年代は受難の時代だった。

出版社の増加や文学賞の乱立によって、文学はそれほどハードルの高い商売ではなくなり、作家としてのデビューを果たすこと自体はそれまでより格段にたやすくなったが、そこから一流の仲間入りを果たすまでの道のりは、以前にも増して厳しくなったと言えるかもしれない。まず創作において新世代に重くのしかかったのは、ラテンアメリカ・ブランドと魔術的リアリズムの呪縛だった。独裁政権やゲリラ闘争、農村部の荒廃や労働者の搾取など、「ラテンアメリカ的」とされたテーマは、すでにブーム世代以前から出尽くした感があったにもかかわらず、こうした社会派小説を求める声は、とくに左翼を中心に、ラテンアメリカの出版社や評論家の間に根強く残っており、個人的テーマを取り上げた作品で高い評価を得るのは難しかった。

一九八一年にブライス・エチェニケが発表した小説『マルティン・ロマーニャの大げさな人生』では、パリに生きる作家志望の主人公が、漠然とヘミングウェイに憧れながらも、何を書けばいいのかわからぬまま苦悩し、左翼グループの圧力を受けて、魚粉工場のストライキという、本人にまったく興味のない社会問題をテーマに小説を書きはじめる。この姿はブーム以後の世代が直面した共通課題を反映していたと言えるだろう。

他方、アメリカ合衆国やヨーロッパの批評家・読者は、出身地によって「ラテンアメリカ文学」と分類される作家に対し、どうしても魔術的リアリズム的な奇抜さを求める傾向が強く、そうした枠から外れる小説には見向きもしないことすらあった。その反面、作品に少しでも超自然的要素が入っていれば、安易に魔術的リアリズムのレッテルを貼られてしまう。

イサベル・アジェンデの成功とともに、八〇年代後半には完全に商売用の陳腐な宣伝文句と化していたこの用語を毛嫌いする作家がこの頃から急増するのは当然のなりゆきだった。出版業界の活性化によって、エスタブリッシュメント化した大物作家やベストセラー作家の生活が保障される一方、純文学を志す作家たちは、相変わらず食い扶持稼ぎに奔走せねばならない。万単位の売り上げがコンスタントに出せなければ、「副業」で収入を補うよりほか生きていく道はない。

作家にとってもっとも実入りがいいのは、文化担当官などの外交職であり、正式な資格を持つ外交官としてラテンアメリカやヨーロッパで何度も要職をこなしたエドワーズや、一九六六年から亡くなるまで在フランス・キューバ大使館の文化担当官だったカルペンティエール、六〇年から東欧を中心に一〇年以上も大使館勤務をこなしたピトルなど、巧みに二足の草鞋《わらじ》を履きこなす作家も多い。その反面、外交職は国から与えられるポストである以上、時に公然と政府を批判することもある作家にとって不自由は多い。オクタビオ・パスは、六八年の政府による学生運動弾圧に抗議して在インド・メキシコ大使館文化担当官の職を辞し、七五年から在フランス・メキシコ大使の職にあったカルロス・フエンテスも、六八年当時の大統領だったディアス・オルダスが在スペイン大使に任命されたことに抗議して、七七年に辞表を提出した。

パスやフエンテスのように、外交職を辞めても生活に支障を来たさない場合はいいが、そうでなければ、時に破廉恥と紙一重の行動をとる必要にも迫られる。八〇年代にユネスコのペルー大使を務めたフリオ・ラモン・リベイロは、アプラ政府を厳しく批判していた親友のバルガス・ジョサを公の場で罵倒《ばとう》することで政府のご機嫌を取り（後に共通の友人を介して「あれはその場凌ぎの措置にすぎないから気にしないでくれ」という伝言をバルガス・ジョサに渡したという）、外交職にしがみついた。

また、アメリカ合衆国やヨーロッパの大学に教員職を得る作家も多いが、バルガス・ジョサやドノソのように高度な文学的知識を備えた者でなければ、創作と両立可能なポストを得ることは難しく、ひどい場合になると、マルティン・ロマーニャ青年のように、高校などで劣悪な労働条件のもと働かねばならない。一九世紀に遡るもう一つの効率的な副業はジャーナリズムへの寄稿であり、新聞・雑誌からの原稿料は現在でも作家たちの重要な収入源であり続けているが、本職のジャーナリストでもない作家が継続的に話題性のある記事を書くのはなかなか難しい。

マルティン・ロマーニャ青年を通して作家という職業の難しさを描き出していたブライス・エチェニケが後に引き起こす醜聞は、ブーム以後の世代が直面した事態の深刻さを図らずも露呈させる結果となった。

一九七〇年、ペルーのイギリス風ブルジョア家庭に育つ少年の心の機微を描いた自伝的処女長編『ジュリアスのための世界』でスペイン語圏全体に名を知られたブライス・エチェニケは、二年後にペルー国民文学賞を受賞し、編集者カルロス・バラルや代理人カルメン・バルセルスの寵愛を受けた。この時与えられた「バルガス・ジョサに続くペルー第二の作家」という評価が彼のキャリアを後押ししたことは間違いない。七七年発表の『幾たびもペドロ』を経てブライスは、後に『ヴォルテール椅子の航海日誌』と名付けることになる連作、『マルティン・ロマーニャの大げさな人生』と『カディスのオクタビアについて話す男』（一九八五）に着手するが、パリに生きる青年の陳腐な日常生活を文字通り「大げさ」に描いただけのこの冗漫な自伝的小説がそれなりの評価を受けたこと自体、いま振り返れば不思議としか言いようがない。ブームの世代よりはるかに波瀾と冒険の少ない人生を送っていたブライス・エチェニケは、自分の修業時代や私生活を私小説風に綴った小説しか書くことができず、自己憐憫《れんびん》ばかりで乏しい内容を補うため、凡庸な言葉遊びや文体的修辞、冗談を盛り込んで作品を膨らませることがしばしばあった。

九三年に「反回想」と銘打ったなんとも中途半端な回顧録『生きるための許可』が発表される頃には、作品の売れ行きも落ち込み、すでに創作の行き詰まりは明らかだった。他の作家と同様、彼もまた副業をこなさずには生計を立てられなかったが、バルガス・ジョサと違って規律に欠け、大酒飲みでボヘミアン生活に耽っていたブライス・エチェニケは、教員生活にも向いていなければ、恥を忍んで外交職にすがりつく器用さも持ち合わせておらず、作家としての地位と収入を保つためには、新聞・雑誌への寄稿が生命線だった。だが、物事を深く突きつめる忍耐力に欠け、ひらめきとウィットに頼って執筆に臨むことの多かった彼には、継続的に一定量の記事を書き続けることなど不可能だった。

そしてその解決策として彼が取ったのは、知的職業に従事する者としてはもっとも恥ずべき行為、すなわち剽窃《ひょうせつ》だった。二〇〇六年に初めて事件が発覚して以来、スペイン語圏各地で同様の告発が続き、ペルーの司法は〇九年に一六件の剽窃を認定してブライス・エチェニケに慰謝料の支払いを命じたが、実際にはその倍以上が確認されているうえ、最初の事例は一九九三年に遡るという指摘も出ている。その被害を受けた媒体の一つ、メキシコの名門文芸雑誌『ネクソス』は、二〇〇五年から〇七年までに掲載された七本の記事について剽窃を確認し、一二年に、別の作者が書いた原文とブライス・エチェニケの署名入りで同雑誌に掲載された文章を併記してネット上に公表した。これを見れば、彼がほぼ一字一句変えぬまま他人の文章を盗用しているのは明らかで、その手口は弁解の余地を残さぬほど悪質だった。

文学作品とジャーナリズム活動を区別して彼を擁護する者もいなくはなかったが、大多数にとってこれは唾棄《だき》すべき醜聞であり、作家としても化けの皮が剝《は》がれた感は否めない。いずれにせよ、ブライス・エチェニケの末路は、ベストセラー作家とエスタブリッシュメント作家の間で困難な創作を強いられた新時代にあって、安易に作家の名声を手にした後についてくる危険を雄弁に物語っていた。

歴史小説の隆盛――デル・パソ『帝国の動向』とサエール『孤児』

純文学受難の八〇年代、九〇年代にあって、多くの作家に救いの道を提供したのが歴史というテーマだった。カルペンティエールやガルシア・マルケスの例を引き合いに出すまでもなく、二〇世紀のラテンアメリカ小説において歴史は常に重要な役割を果たしてきたが、文芸批評家のシーモア・メントンが一九九三年に「新歴史小説」という用語を打ち出して研究を発表した（『ラテンアメリカの新歴史小説―一九七九～一九九二』）とおり、とくに八〇年代以降、それまでとは異なる性格を備えた歴史小説が見られるようになった。

大きく二つに分かれるその潮流のうち、もっとも注目を集めたのは、アメリカ大陸発見の立役者コロンブスやラテンアメリカ独立の父シモン・ボリバルなど、西欧近代史で重要な役割を果たした人物を中心に据えた小説群である。もちろんこれは、一九九二年のアメリカ大陸発見五〇〇周年を控え、歴史を振り返る気運がラテンアメリカ各地で高まっていたこととも密接に関係している。

七九年にカルペンティエールが『ハープと影』を発表して以降、八三年にはアベル・ポッセ（アルゼンチン、一九三四～）の『楽園の犬』、九二年にはロア・バストスの『眠れぬ提督』と、コロンブスを主人公にした歴史小説が三冊も書かれたのは、明らかにその気運の表れだった。三冊に共通する要素を探っていくと見えてくる新歴史小説の特徴は、一九世紀のヨーロッパで流行したウォルター・スコット風の歴史小説のように、史実のコンテクストに虚構の登場人物を置いてドラマを展開するのでもなく、また戦国時代の武将などを主人公とした日本の大河小説のように、史実を尊重しながら歴史的人物の人間的側面にスポットをあててその生き様をドラマにするのでもなく、史実を想像力で補い、時には史実に反する架空の挿話をぶつけながら、歴史的人物、歴史的事件の新たな意味と可能性を探っていくところにある。小説としての成否はともかく、資料に依拠する歴史学の束縛を逃れて、文学、とりわけフィクションの立場から作り出される歴史的人物の「虚像」が前記三作の魅力となっている。

その意味で、三作の先駆的役割を果たしたのは、一八世紀から一九世紀にかけてアメリカ大陸とヨーロッパ大陸を旅した異端的神父セルバンド・テレサ・デ・ミエルをめぐり、歴史的文書から知られる彼の「実像」に、作者の想像する「虚像」をぶつけて小説化したレイナルド・アレナスの『めくるめく世界』だった。

また、シモン・ボリバルについては、コロンビア人作家フェルナンド・クルス・クロンフリー（一九四三～）の『解放者の灰』（一九八七）やガルシア・マルケスの『迷宮の将軍』（一九八九）が書かれている。一八三〇年にボリバルが行った最後の旅行を取り上げている点で両者は共通するが、どちらも独自の歴史的ヴィジョンを打ち出すにはいたっておらず、やや冗漫な印象を免れない。

こうした歴史的人物を扱った小説の最高峰は、一八六四年から六七年までメキシコ皇帝の地位にあったハプスブルク家のオーストリア大公マクシミリアンとその妻シャルロットを主人公にしたフェルナンド・デル・パソの大作『帝国の動向』（一九八七）だった。

野心に燃えるナポレオン三世の傀儡《かいらい》にマクシミリアンが皇帝としてメキシコに送られ、ベニト・ファアレスを中心とする地元反乱軍の抵抗を受けて処刑されるまでの史実を大枠として、その前後の動向も踏まえつつ、わずか三年で崩壊したはかない帝国が現代メキシコに持つ意味を探究するこの小説は、ラテンアメリカの新歴史小説の圧巻であり、七〇〇ページを超える巨大長編でありながらも、最後まで読者を飽きさせることがない。巧みな語りの構成によって多くの視点が取り込まれ、祖国防衛軍の士官や無名の兵士からマクシミリアンやナポレオン三世、ベニト・ファアレスまで、さまざまな人物の内面が浮き彫りにされるが、なんといってももっとも重要な役割を果たすのは、夫の処刑後、ヨーロッパへ帰る船のなかで発狂し、そのまま一九二七年までベルギーの宮殿に籠りきりで生き続けたシャルロットの独白だろう。これが長く複雑な小説を一つの有機体にまとめる役割を果たしているだけでなく、一九世紀から二〇世紀へ、ラテンアメリカからヨーロッパへ、作品世界に広がりを与えている。二〇〇七年に雑誌『ネクソス』が、ガルシア・マルケスを含むスペイン語圏の作家六〇人を対象に行った、直近三〇年間に発表されたメキシコ小説でもっとも優れた作品はどれか、というアンケートでは、この『帝国の動向』が堂々第一位に選ばれている。

新歴史小説のもう一つの潮流は、現代世界と習慣や価値観の異なる世界を過去に設定し、そこから独自の形而上学的思索を打ち出す作品群である。ＳＦが未来に求める仮想世界を過去に求めた小説と考えてもいいかもしれない。

その先駆をなすのは、先に触れたボルヘスの「トレーン、ウクバール、オルビス・テルティウス」であり、その意味でも、ラプラタ幻想文学の系譜を汲む知的作家がこの潮流に名を連ねているのは当然と言えよう。代表作としては、セサル・アイラ（アルゼンチン、一九四九〜）の『モレイラ』（一九七五）や『野ウサギ』（一九九一）、リカルド・ピグリア（アルゼンチン、一九四一〜二〇一七）の『人工呼吸』（一九八〇）などが挙げられるが、とりわけ傑出しているのは、アルゼンチン・サンタフェ州出身の作家フアン・ホセ・サエール（一九三七〜二〇〇五）が一九八三年に発表した『孤児』だろう。

サエールがこの小説に着手したのは、ホセ・ルイス・ブサニチェ著『アルゼンチンの歴史』（一九五九）に書かれた、フランシスコ・デル・プエルトなるスペイン人船乗りに関するわずか一四行の記述がきっかけだった。大航海時代真っ盛りの一五一六年から二七年までラプラタ河岸のインディオ集落で暮らした後、スペインの船団に救出されてヨーロッパへ戻ったというこの人物に興味を覚えたサエールは、架空の食人種コラスティネ族の生活を空想で細部まで克明に再現し、彼らとスペイン人の共生を鮮やかに描き出した。作品の白眉《はくび》は、旅芸人としてヨーロッパ中をめぐった後にスペインに落ち着いた「孤児」が、すでに絶滅に追いやられたと思われるコラスティネ人たちの生活風景を振り返りながら、記憶と人間存在の関係について思索を巡らせる場面だろう。そこには、現代を舞台にしては実現不可能な、それでいて現代人の心にも強く訴える哲学が展開されている。

『孤児』は、現在でもセイス・バラル社やRBA社（バルセロナ）といった名門出版社が再版を続けているほか、二〇一〇年には、サエールのもう一つの傑作『グロサ』（一九八六）とともに、定評あるコレクシオン・アルチーボスにも収録された。

過去を振り返る作家たち――回想録の流行と創作意欲の減退

歴史は現在にいたるまでラテンアメリカ小説の重要テーマであり続けているが、新歴史小説の潮流は九〇年代半ばには下火になり、これに代わって目立つようになったのは、フィクション性をできるかぎり排して、もっと現在と結びつきが強く、もっと作家個人の私生活と密接にかかわる歴史を再現した作品、いわゆる回想録だった。

ドノソが一九七二年の時点でブームの回想録を残したことにはすでに触れたが、大御所たちが相次いで回想録を発表する端緒となったのは、九二年、著者の死後に発表されたレイナルド・アレナスの『夜になるまえに』だった。エイズを患って自殺したホモセクシュアル作家が、強制労働や投獄の経験も含め、キューバ当局による激しい弾圧の実態を暴き出した本作の内容は衝撃的で、二〇〇〇年にはハビエル・バルデム主演で映画化された。

これに続いたのは、九〇年のペルー大統領選挙でアルベルト・フジモリに敗れたバルガス・ジョサが、再び故国を去ってドイツに落ち着いた後に執筆をはじめた『水を得た魚』であり、九三年にセイス・バラル社から発表されて以来、こちらも現在まで再版を重ねている。直接的には、三年に及ぶ選挙戦の記録を通して、理性も知性も一貫性も、そしてとりわけ品性も通用しない政治という活動の醜悪さを暴き出す目的で書かれた作品だが、政治への嫌悪やアルベルト・フジモリへの恨み節を抑えて冷静さを保つために挿入された幼年期から青年期までの回想では、作者が肩の力を抜いて作家になるまでのいきさつを語っており、政治と文学、両方の側面からバルガス・ジョサの人物像に迫るための貴重な資料を提供している。

もう一つ、政治色の濃い回想録としては、ダニエル・オルテガを首班とするニカラグアのサンディニスタ政権時代に八五年から九〇年まで副大統領を務めたセルヒオ・ラミレスが、かつての仲間と袂を分かったのを機に、七〇年代の反ソモサ闘争に遡る政治体験を振り返った『さらば、仲間たち』(一九九九)を挙げることができる。

他方、回想録は、昔を振り返りながら思いのままを綴るジャンルという性格もあり、自らの遍歴時代を気楽に語る形式の作品も多い。ビオイ・カサーレスの『メモリアス』(一九九四)はその代表例であり、ボルヘスやオカンポ姉妹(妹のシルビナはビオイの妻)を中心とする雑誌『スール』のグループと一九三〇年代に交わした議論や、『モレルの発明』の執筆にまつわる秘話などをざっくばらんに口述筆記したこの本は、ラプラタ幻想文学の起源を明らかにする証言として興味深い。また、カブレラ・インファンテは、カルペンティエールやレサマ・リマ、アレナスやピニェラとの親交を回想した一連の文章を九八年に『読まれるべき人生』として一冊の本にまとめ、フエンテスは、自らの作家遍歴を振り返るインタビュー集を九九年に『時間の領域』というタイトルで発表した。

　こうした一連の回想録の白眉は、ガルシア・マルケスが、初めてのヨーロッパ旅行へ出発するまでの作家・ジャーナリストとしての修業時代を軽やかな筆致で描き出した『生きて、語り伝える』（二〇〇二）だろう。『百年の孤独』や『族長の秋』にまつわる逸話が多く含まれているほか、コロンビア現代史の転換点となった一九四八年四月九日のホルヘ・エリエセル・ガイタン暗殺事件とそれに続くボゴタ動乱の様子も、ジャーナリストらしい明瞭簡潔な文体で克明に描き出されており、ルポルタージュとしてガルシア・マルケスの文才を十分に堪能《たんのう》できる。後にこの部分の記述が、同じコロンビア出身の若手有望株ファン・ガブリエル・バスケス（一九七三〜）の最新長編小説『廃墟の形』（二〇一五）に引用されるなど、発売から一〇年以上経過した現在でも、この本への関心は尽きることがない。

　回想録の隆盛は、黄金時代のラテンアメリカ小説に親しんできた読者や文学研究者に心地よい読書体験と有益な情報を提供する反面、バルガス・ジョサがヘミングウェイの回想録『移動祝祭日』について巡らせた論考に従えば、作家たちの「衰弱状態」を如実に映し出す現象でもあった。晩年のガルシア・マルケスが、アルツハイマーによって記憶不全に陥っていたことはすでによく知られている。記憶力がまともに機能しない状態で、整合性のある架空世界としての長編小説を書くことはできない。だが、回想録というジャンルを選択すれば、たとえ一貫性を欠いたとりとめのない逸話の連続になったとしても、とりあえず一冊の書物として恰好がつく。

その意味では、大物作家の売り込みを続けたい出版社の販売戦略とも合致した回想録には、安易な創作という批判を免れないケースも多く、ブライス・エチェニケの『反回想』（第一部一九九三年、第二部二〇〇五年）のように、文学キャリアに行き詰まった挙げ句に金稼ぎを画策したのかと勘繰られかねない作品や、プリニオ・アプレヨ・メンドーサの『ガボとの歳月』（二〇〇二）のように、大御所作家の友人という特権を頼みに私生活を切り売りしたような作品が混ざっていることも否定できない。

実のところ、回想録の氾濫は創作の行き詰まりと表裏一体だった。文学愛好家や研究者にとってはありがたい資料や証言が次々と出てくる一方で、二〇世紀の終焉とともに、世紀の半ば頃から世界文学を牽引してきたラテンアメリカ小説も、一時代の終わりを迎えつつあったのだ。

第6章　新世紀のラテンアメリカ小説

――ボラーニョとそれ以後

ラテンアメリカ文学に新風を吹き込んだロベルト・ボラーニョ

ロベルト・ボラーニョの登場──『野生の探偵たち』と『2666』

二一世紀への突入を目前に控えた一九九八年、チリ生まれの作家ロベルト・ボラーニョ（一九五三〜二〇〇三）が発表した長編小説『野生の探偵たち』は、新世紀のラテンアメリカ小説に扉を開く力作だったと言えるだろう。内容はとくに難解ではないが、安易なベストセラー小説とは一線を画し、哀愁に満ちた虚構世界を作り上げたこの作品は、定評あるエラルデ文学賞や、九九年度のロムロ・ガジェゴス賞を受賞するなど、批評界から高い評価を受けたほか、販売面でも好成績を収め、作家の道を模索する新世代の純文学志望者たちにとって道標となった。

ボラーニョの成功を彼の数奇なキャリアと切り離して理解することは難しい。一九七三年九月のチリ・クーデターに際して投獄を経験、大学教育と無縁に独学で異端的文学を読み漁り、一九七〇年代のメキシコでは時代遅れのアヴァンギャルド詩運動「インフラレアリスモ」（『野生の探偵たち』に「はらわたリアリズム」の名で登場する）に参加。世界各地を転々とする根無し草の亡命生活を送った後、自伝的要素を盛り込んだ小説で成功、ようやく作家としてスタートラインに立ったところでの早すぎる病死。こうしたさまざまな逸話が作家ボラーニョを伝説のオーラに包み、それが彼の名声を後押ししたことは否定できないからだ。

とはいえ、『野生の探偵たち』の成功は、長い下積み生活を通して続けられてきた努力や忍耐の賜物であり、決して濡《ぬ》れ手で粟《あわ》のように得られたものではない。そもそも、旺盛な読書家でありながら、八〇年代まではほとんど詩作にしか興味を示さなかったボラーニョが散文を手掛けるようになったのは、八五年にカロリーナ・ロペスと結婚し、バルセロナから七〇キロほど離れたブラネスに落ち着いた後、九〇年に長男ラウタロを授かったことで、作家として安定した収入を求めたからだった。

九七年発表の短編集『通話』に収録された「センシーニ」に描かれているとおり、九〇年代前半のボラーニョは、スペイン各地の文学賞を漁って賞金稼ぎをしていたが、その間に長編『アメリカ大陸のナチ文学』を完成し、大手出版社の文学賞に応募するなどして出版社を探しはじめた。アルファグアラ社やプラサ&ハネス社に拒否された後、セイス・バラル社とアナグラマ社がこの原稿に興味を示し、最終的には前者が九六年に出版にこぎつけたが、結果は惨憺《さんたん》たるものだった。一部有力紙の書評に取り上げられたものの、内容が因襲的な長編小説から逸脱していたせいもあって売り上げはまったく伸びず、セイス・バラル社は売れ残った在庫の裁断処理を決めた。

失意のボラーニョに救いの手を差し伸べたのは、『アメリカ大陸のナチ文学』の出版を取り損ねたアナグラマ社の社主ホルヘ・エラルデであり、『2666』に登場するドイツ人編集者ブビスのモデルになったとも言われるこの名物編集者こそ、実は後のボラーニョ旋風の立役者だった。現在まで大手と提携することなく独立経営を維持し続ける数少ないスペイン語圏の国際的出版社の一つ、アナグラマ社は、八三年にエラルデ文学賞を設立して積極的に新人発掘に乗り出す一方、独自の視点からブーム以降の作家を手掛けてきた。これまでセルヒオ・ピトルやロドリゴ・フレサン（アルゼンチン、一九六三〜）、アラン・ポールズ（アルゼンチン、一九五九〜）、フアン・ビジョーロ（メキシコ、一九五六〜）といった鬼才を世に送り出している。文学に造詣《ぞうけい》が深いのみならず、商売人としてフットワークも軽かったエラルデは、辛抱強くラテンアメリカ各地の書籍取次店や書店を回って販路を広げ、九六年の時点で、サンティジャナ・グループやプラネタ・グループに劣らぬ強固な販売網を自力で作り上げていた。最初の接触からボラーニョとエラルデは相思相愛の仲になり、九六年発表の『はるかな星』以来、ボラーニョは毎年最低一冊の本をアナグラマ社から出版するというノルマを自分自身に課し、実際に亡くなるまでほぼ忠実にこれをこなしたうえ、未完成に終わった『2666』の草稿もエラルデの手に託した。

『はるかな星』は、発売直後に一部批評家から高い評価を受け、後に述べるとおり、現在ではボラーニョの最高傑作と評されることすらあるものの、売り上げをみるかぎり、九六年九五一部、九七年八一六部、九八年八一八部と、決して芳しい成績を収めたわけではない。だが、そこは独立系出版社の強みで、社主エラルデの匙加減《さじかげん》で柔軟に販売戦略を決めていたアナグラマ社は、これしきのことでボラーニョを切り捨てたりはしなかった。

翌九七年出版の『通話』は、チリのサンティアゴ市文学賞受賞の追い風もあり、一般に短編集の売り上げが低調なスペイン語圏で、初年度から二六五一部を売り上げるなど、エラルデにも手ごたえは十分だった。こうした紆余曲折の後に出版された『野生の探偵たち』は、蓋を開けてみればエラルデの予想をはるかに凌ぐ大ヒットとなり、ボラーニョはようやく小説家としての地位を確立する。

この成功によって出版社は、その後長期間にわたって利益を確保し、おかげで難病を抱えながら創作に励むボラーニョを全面支援できた。作家としての絶頂期に入った彼は、二〇〇一年の『チリ夜想曲』、二〇〇三年の『アントワープ』など、その後も順調に中編小説を発表し続け、その一方で集大成的大作『2666』の執筆を進めたが、その完成を見ることなく、二〇〇三年七月、五〇歳の若さで急死した。

この早すぎる死は多くの読者を落胆させたが、これでボラーニョは「ラテンアメリカ文学のジェームズ・ディーン」に祀り上げられた。未完成のまま盟友エラルデの手で二〇〇四年に死後出版された『2666』が大成功を収めると、純文学ではほとんどガルシア・マルケス以来と言えるほどの高評価を勝ち取った。アナグラマ社から出版された『2666』のスペイン語版は、発売後わずか三ヵ月で二万部を売り上げ、その後も数年間にわたって万単位の売り上げを続けるヒット作となったが、それ以上にボラーニョの名声を後押ししたのは、すでにスペイン語圏で「ボラーニョ・フィーバー」が鎮火しはじめていた二〇〇八年、アメリカ合衆国で翻訳出版された英語版だった。二〇〇三年に英訳されていた『チリ夜想曲』が有力批評家の賞賛を浴び、作家スーザン・ソンタグもこれを「必読書」と評価するなど、期待感が高まるなかで出版された『2666』は、概して分厚い小説をありがたがるアメリカ人読者から熱烈な支持を受けた。全米批評家協会賞を受賞したほか、『タイム』紙には二〇〇八年の「ベスト・フィクション・ブック」に、『ニューヨーク・タイムズ・ブック・レビュー』には同年出版された書籍全体のベストテンに選出されるなど、この成功でアメリカ合衆国におけるボラーニョの名声は揺るぎないものとなった。

ボリビアの小説家エドムンド・パス・ソルダン（一九六七〜）の代表作『北』（二〇一一）には、文学研究を志す登場人物が、アメリカ合衆国という国は一度に一人の偉大な外国人作家しか受け入れることができず、ゼーバルトやムラカミに代わって現在その地位にあるのがボラーニョだ、という趣旨の議論を展開する場面があるが、これはあながち的外れではないかもしれない。

ボラーニョ・フィーバーの功罪

イサベル・アジェンデのベストセラー路線を軽蔑し、ガルシア・マルケス流の魔術的リアリズムと距離を置きつつも、ボルヘスやコルタサル、ドノソといったブーム世代の作家を自分なりに吸収して独自の小説世界を模索したボラーニョの成功は、一九八〇年代以降若手作家に重くのしかかっていた「ラテンアメリカ・ブランド」と「ブームの遺産」の超越を意味する画期的出来事だった。チリやメキシコ、スペインを舞台とすることはあっても、ボラーニョの作品においてラテンアメリカ地域特有の社会的・政治的問題は背景として機能しているだけで、そこに現実世界を反映する意図や、ラテンアメリカ人としてのアイデンティティ追究は見て取れない。ボラーニョは地域よりも時代に生きる作家であり、若すぎる歳で六八年の学生運動に巻き込まれた世代に共通する挫折感や虚無感に焦点を当て、ブライス・エチェニケのような自己憐憫や言い訳がましい修辞に陥ることなく、これを登場人物の外側から客観的に描き出すことで、同世代の、そしてもっと若い読者の心をつかんだ。彼の作品は翻訳のしやすい標準的な、わかりやすいスペイン語で書かれており、ブームの世代を特徴づける斬新な手法的実験や文体的刷新、言葉の氾濫はまったく見られない。

その一方でボラーニョは、ベストセラーの三要素のうち二つ、感傷とサスペンスの扱いに長《た》けた作家でもあった。売れない詩人や落ちぶれた学生、投獄経験者や離婚経験者など、社会の周縁部に追いやられた人間たちの捨て鉢な、時に自堕落な生活を淡々と描き出していくことで、彼の作品には深い哀愁に満ちた文学空間ができあがる。扱われているテーマ自体は概して平凡であり、描き方によっては退屈な物語になってしまうところだが、ボラーニョは、何を書いて何を省略すればいいか、その匙加減を実によく心得ており、おかげで作品の緊張感が結末まで維持される。感傷とサスペンスを組み合わせる彼の才能が存分に発揮されているのは、長編よりもむしろ短編、とりわけ短編集『通話』においてであり、ラテンアメリカ作家でこれほど読み応えのある短編小説を繰り出した作家は、一九八〇年代以降では皆無と言ってもいい。

ボラーニョの文才に疑いを挟む余地はないが、その反面、アメリカ合衆国におけるフィーバーに追随するようなかたちで、ヨーロッパでも日本でも、無批判に彼の作品を誉めそやす風潮ができあがっている事態には留意しておく必要があるだろう。とくに、アメリカ合衆国で流布した「ビート作家」、「ラテンアメリカのケルアック」といった触れ込みを真に受けると、ボラーニョの本質を見損なう。

概してボラーニョ文学の崇拝者となっているのは、ブーム世代の難解な作品にはついていけないが、低俗なベストセラーにも満足できない読者であり、カルト集団のようにボラーニョの作品なら（ひどい場合には読む前から）何でも闇雲に崇拝するばかりか、批判的見解の表明を許さない不健全な雰囲気を作り上げる。たとえば、『野生の探偵たち』や『2666』のような長編には、同じモチーフを何度も変奏するだけの冗漫な章が目立ち、不必要と思える部分すら多いことは一読して明らかだが、書評の場はもちろん、文学研究においてすら、そうした問題が議論されることは最近まで皆無に等しかった。

コロンビアの作家エクトル・アバド・ファシオリンセ（一九五八〜）が、二〇〇三年発表の長編小説『アンゴスタ』にこっそり忍ばせていた次の台詞は、実は見事にボラーニョ文学の本質を言い当てていた。

そう、ボラーニョ。彼はあの世代最高の作家を自任していたが、その当否はともかく、いい作家であることは間違いないし、もちろんドノソ以降ではチリ人最高の作家だ。行き過ぎを止められる編集者がいれば向かうところ敵なしの作家だったろうに。読者を軽んじていたわけではないだろうが、自信過剰なところがあった。そして編集者のエラルデも、ボラーニョへの友情から、たとえ明らかに余計なページがあっても、削除しようとは言い出せなかった。

短編や中編においてはその文才をいかんなく発揮したボラーニョだが、長編になると、細部を際限なく輻輳《ふくそう》する悪癖にしばしば陥っている。『２６６６』の第四部「犯罪」はその典型的な例であり、確かに次から次へと現れる女性死体の描写が小説世界に重苦しい空気を添えているのは事実だが、これほどページを費やす必然性があるとは思われない。

また、ボラーニョの長編の場合、作品が長くなっても、表層のストーリー展開が複雑化するだけで、そこに内容的な深さや質的広がりが生まれるわけではない。ヨーロッパ、アメリカ、アフリカを股《また》にかけた作品の地理的スケールは大きいが、そこにできあがる象徴体系は概して貧弱で、ガルシア・マルケスのように現実世界の奥深さを見せてくれることもなければ、コルタサルのように現実世界の向こう側に読者を誘うこともない。作者の主観的ヴィジョンに基づいて、現実から自立した虚構世界を作り上げることに成功してはいても、人間や現実社会に向けて鋭い洞察を打ち出すまでにはいたっていない。

一時は、アメリカ合衆国のボラーニョ・フィーバーにつられて『野生の探偵たち』や『2666』を『石蹴り遊び』と比較し、さらには、『百年の孤独』と同等の文学的価値を持つ作品と見なす者まで現れたが、さすがにここまでくると行き過ぎた独断的議論でしかない。現に、ここ数年はスペイン語圏各地でこうした過剰評価を修正する動きが進んでいる。二〇一〇年にバルガス・ジョサがノーベル文学賞を受賞し、さらに二〇一四年にコルタサルの生誕一〇〇年とガルシア・マルケスの死去が重なって、再びブーム世代の作品に注目が集まると、ボラーニョ・フィーバーはすっかり影を潜めた。

それより傾聴に値するのは、ボラーニョ自身と個人的な親交を持ったうえで、もっと冷静に彼の作品を読んできたラテンアメリカの同時代作家の見解だろう。とくに、彼の親友だったロドリゴ・フレサン、「糞の嵐」という原題に代えて『チリ夜想曲』というタイトルを示唆したフアン・ビジョーロ、ボラーニョに高く評価されていたオラシオ・カステジャーノス・モヤ、この三人が揃って『はるかな星』をボラーニョの最高傑作と評している事実は興味深い。ボラーニョ自身はこんな意見を耳にすると烈火のごとく怒ったそうだが、一九七三年のチリ・クーデターを背景に、謎めいた詩人兼パイロットを通して人間世界の闇にメスを入れる『はるかな星』は、一〇〇ページにも満たない中編ながら、『野生の探偵たち』や『2666』に欠ける深遠な象徴体系と現実世界に向けた鋭い考察に貫かれている。

大手出版社と文学賞をめぐる疑惑

アナグラマ社の主催するエラルデ賞が無名作家の発掘に寄与する一方で、文学の商業化が進行した一九九〇年代以降、出版社主催の文学賞をめぐる裏操作については、黒い噂もしばしば聞かれるようになった。

その端緒となったのは、アルゼンチン・プラネタ社の主催する文学賞において、九七年の受賞作に選ばれたリカルド・ピグリアの『燃やされた現ナマ』をめぐって沸き起こった訴訟問題だった。この時最終選考まで残った『病的愛』の作者で、当時はまったくの無名作家だったグスタボ・ニエルセン（アルゼンチン、一九六二〜）は、ピグリアの作品が受賞からわずか一ヵ月という異例のスピードでプラネタ社から刊行されたのを見て不信感を抱き、独自に調査を進めたうえで、『燃やされた現ナマ』の受賞がプラネタ賞の審査規定に違反するとして、アルゼンチンの民事裁判所に提訴した。

八年に及ぶ裁判の結果、二〇〇五年二月、アルゼンチンの司法は、ピグリアが受賞の数年前にプラネタ社と未来の作品に関して特別契約を結んでいた事実を指摘し、出版契約が成立している作品の応募を禁じたプラネタ賞の審査規定に抵触するとして、ピグリアとプラネタ社に慰謝料の支払いを命じる判決を下した。最終的にピグリア側からの控訴はなく、判決はこれで確定している。

『燃やされた現ナマ』は、実際に起こった銀行強盗にヒントを得て書かれた疑似スリラー小説であり、ピグリアの傑作として専門家の評価は高い。判決の直後にピグリアは『クラリン』紙上で反論に乗り出し、『燃やされた現ナマ』を直接の対象としてはいない契約によって公平な審査が妨げられるはずはないと論じて、受賞の正当性を擁護した。とはいえ、ピグリアに肩入れしていたプラネタ社の編集者が審査委員会のメンバーに入っており、『燃やされた現ナマ』の売り込みを目論む出版社の意向が審査に強く影響していたことは誰の目にも明らかだった。このほか、マリオ・ベネデッティ、アウグスト・ロア・バストス、トマス・エロイ・マルティネスといった錚々《そうそう》たるメンバーを審査員に迎えておきながら、応募作品の大半は誰にも読まれなかったという事実も裁判の過程で発覚している。

他方、プラネタ社とはライバル関係にあるアルファグアラ社が、一七万五〇〇〇ドルという高額賞金を掲げて一九九八年に鳴り物入りで創設したアルファグアラ賞も、初年度こそ審査委員長にカルロス・フエンテス、審査員にトマス・エロイ・マルティネスやマルセラ・セラーノといったビッグネームを揃え、エリセオ・アルベルトの『カラコル・ビーチ』とともに、セルヒオ・ラミレスの傑作『海がきれいだね、マルガリータ』を受賞作に選んだものの、早くも二〇〇二年には馬脚をあらわす事態を迎える。この年の受賞作は『王女の飛翔』、その作者は、初年度にこの賞の審査員を務めていたトマス・エロイ・マルティネスだった。一度賞を受賞した作家がその後審査員を務めることはめずらしくないが、審査の内情を知っている者が応募する側に回るのでは、賞の透明性を疑われても仕方がない。しかも、この小説はブラジルの出版社に依頼されて書かれ、すでにポルトガル語で出版されていた作品の完全な焼き直しだった。

『レトラス・リブレス』誌は、二〇〇二年八月号に掲載した『王女の飛翔』の書評で、こうしたいきさつと併せて、匿名で応募すべき作品に作者が誰かはっきりとわかる細工がなされている事実を暴露し、マルティネスに痛烈な批判を浴びせた。ちなみに、『王女の飛翔』は、腐敗した九〇年代のアルゼンチン政治に対する鋭い糾弾を含んではいるものの、『小説ペロン』（一九八五）や『サンタ・エビータ』（一九九五）といった彼の傑作長編とは比肩すべくもない。

現在では、アルファグアラ賞は現地テレビのニュース番組でも取り上げられるほどの大イベントとなっているが、受賞作の選定に出版社の経済的利害が透けて見えることも少なくない。無名の新人に与えられることもあれば、エレナ・ポニアトウスカ（『空の皮』、二〇〇一）やラウラ・レストレポ（『妄想』、二〇〇四）、ホルヘ・フランコ（『外の世界』、二〇一四）のように、売り上げが落ちはじめていたベテラン作家に向けたテコ入れのようなかたちで受賞が決まることもあるが、残念ながら、初年度の『海がきれいだね、マルガリータ』に匹敵する受賞作は皆無と言っていい。二〇一一年の受賞作、フアン・ガブリエル・バスケスの『物が落ちる音』は比較的優れた作品だが、二〇〇七年発表の意欲作『コスタグアナ秘史』に較べればかなり見劣りがするというのが多くの作家・批評家に共通の見解だ。

量産される作品

二一世紀に入って一〇年以上経過した現在、アルファグアラ社やプラネタ社、アナグラマ社はもとより、トゥスケッツ社、セイス・バラル社など、多国籍出版社の大部分が大掛かりな文学賞を主催し、スペイン語圏各地で毎年多くの新人作家を世に送り出している。ブームに沸いていた一九六〇年代と比較しても、小説の出版点数は飛躍的に増加し、出版業の盛んなスペイン、メキシコ、アルゼンチンでは、執筆だけで生計を立てる「職業作家」も多くなった。ようやくラテンアメリカ文学も牧歌的段階を終え、かつてガルシア・マルケスやバルガス・ジョサが理想とした「執筆だけに専念できる環境」が整いつつあると言えるのかもしれない。

だが、芸術の世界では往々にして起こるとおり、こうした事態は必ずしも優れた作品の誕生には直結しない。これだけ膨大な数の文学賞が乱立すると、いわゆる玉石混交になるのは当然で、もはや受賞自体は作品の質を保証するものではなくなっている。確かに、一時的に売り上げが伸びはしても、『野生の探偵たち』のような例外を除いて、受賞を機にベストセラーになった作品が「ロングセラー」になることは皆無に等しい。そもそも、良識ある読者は、文学賞を読書の参考にはしても、そんな通俗的な付加価値に鑑識眼を狂わされたりはしない。むしろ、文学賞や大手出版社の誘惑に乗ったとき、キャリアにとっての致命傷を受けるリスクを背負い込むのは作家のほうだろう。

それまでつましい生活を送っていた作家が賞によって一躍脚光を浴びると、印税のほか、新聞・雑誌の原稿依頼（スペインの最有力新聞『エル・パイース』と提携するアルファグアラ社のように、新聞や雑誌と緊密に連携をとる出版社は多い）、講演といった実入りのいい仕事が次々と舞い込んで収入が格段に上がると同時に、スペイン語圏各地を回っての発表会やサイン会、インタビューにもかり出され、生活の安定と引き換えに創作の時間を大幅に奪われる。また、一年、二年といった比較的短いスパンで未発表原稿を提出することを条件に作家と専属出版契約を結ぶ出版社は多く、そうなると往々にして作家たちは、出版の機会を失いたくないばかりに、その場凌ぎの短い作品や、十分な取材と下調べをしないまま書いた作品を入稿する。

祖国のテロリズムを背景にしたサスペンス仕立ての小説『赤い四月』（二〇〇六）でアルファグアラ賞を受賞したペルーのサンティアゴ・ロンカグリオロ（一九七五〜）は典型的な例で、その後アルファグアラ社から発表した小説はいずれも完成度が低く、二〇一〇年発表の『生に近く』は、短期間の日本滞在に触発されて着手したいかにも安っぽいSF的メロドラマだった。また、『吐き気』（一九九七）や『鏡のなかの女悪魔』（二〇〇〇）でボラーニョに注目されたカステジャーノス・モヤは、二〇〇四年以降フランクフルトとピッツバーグで亡命作家として支援を受けながら『崩壊』（二〇〇六）や『荒くれの記憶』（二〇〇八）といった大きな構想の小説を書き上げたものの、それ以後は、定期的な新作の提出を要求するトゥスケッツ社との出版契約が重圧となってのしかかり、『家政婦とプロレスラー』（二〇一一）や『帰還の夢』（二〇一三）では十分に本領を発揮することができなかった（彼が日本滞在中に書いた『東京ノート――三軒茶屋のカラス』（二〇一五）はこうした苦悩を如実に映し出している）。

他方、創作に専念できる環境を手にした後、文学作品を大量生産する作家も現れている。代表例はアルゼンチンのセサル・アイラであり、八〇年代までスティーヴン・キングの翻訳などで生計を立てていた彼は、小説家としての名声を得た九〇年代以降、さまざまな出版社からほぼ毎年五冊近い小説を発表し続けており、現在その数は八〇を超えている。ボラーニョから称賛を受け、二〇〇二年にアナグラマ社から出版された『バラモ』がロムロ・ガジェゴス賞の最終候補に残る（この時の受賞作はフェルナンド・バジェホ『崖《がけ》っぷち』（二〇〇一））など、一時は作家や批評家から高い評価を得たものの、「レディメイド小説」と評されることもあるアイラの創作に、近年は風当たりも強い。二〇〇四年、メキシコのエラ社から『文学会議』（一九九七）が再版された際には、『レトラス・リブレス』に書評を寄せたアルゼンチン生まれの作家ニコラス・カブラル（一九七五〜）が、アイラの安易な創作、そして彼の作品を安易に持て囃す読者に向けて辛辣な批判を浴びせた。ここ数年のアイラは、相変わらず売り上げ面では堅調を維持しているものの、玉石混交どころか、玉より石を多く生産しており、書けば書くほど評判を落としている感が否めない。
文学作品の量産という事態は、二一世紀に入って以降、大きな変貌の時期を迎えた出版業界の内部事情とも深くかかわっている。スペイン語圏全体で書籍の販売部数が次第に頭打ちとなるなか、収益の維持、そして、書店における書棚の確保のため、多くの出版社は出版点数を増やしており、そうなれば、名前だけで一定の売り上げが期待できる作家にどうしても頼らざるをえない。

その一方で、デジタル技術による印刷製本過程の自動化が進むとともに、入稿から出版までの期間は短くなり、作業を急ぐ出版社を前に、作家たちが熟慮を重ねて推敲に取り組むことは難しい。また、作家と編集者の関係も希薄化し、かつてのフランシスコ・ポルアのように、作品の細部にまで目を光らせるばかりか、作家に楯突いてでも本自体の完成度を高めようとする名物編集者は減少した。そのうえ、市場の飽和とともに急速な再編が進行するスペイン語圏の出版業界（現在ではセイス・バラルとトゥスケッツがどちらもプラネタ・グループに吸収され、アルファグアラやプラサ&ハネス、スダメリカーナなどがペンギン・ランダムハウスの傘下にある）では、人の出入りが激しく、一年のうちに何度も編集者が変わる事態もめずらしくはない。

このような状況下では、たとえ才能に恵まれた作家でも完成度の高い小説作品を練り上げるのは難しい。それどころか、アルファグアラやトゥスケッツ、アナグラマといった大手出版社の手掛けた著名作家の本にも、単純な誤植のみならず、作品の内容にかかわる決定的な間違いが見られることもしばしば起こる。

これからの展望

「毎年はえのように無数に増えて来る駄書」に対して哲学者ショーペンハウエルが痛烈な批判を繰り出してから、すでに一五〇年以上の歳月が流れているが、日本や欧米先進国と同じく、ラテンアメリカも一九八〇年代以降は完全に出版過剰の時代に入っている。

とくに世紀が変わってからは、「学問あるいは詩によって生きる人々に営まれて疾走する」文学、「当事者たちは大声に叫びちらす」文学の氾濫が目立つようになった。文学の時代精神は約三〇年ごとに破産宣告を受けるというショーペンハウエルの議論を踏まえれば、刊行から三〇年どころか五〇年の歳月を経てもいまだに読み継がれているブームの代表作、『百年の孤独』や『都会と犬ども』、『夜のみだらな鳥』やコルタサルの短編集などは、すでに「永遠に持続する文学」の仲間入りを果たしたのかもしれない。その反面、発売からわずか二〜三年にして、「いったいあの作品はどこへ行ったか、あれほど早くから大声でもてはやされていたのに、その名声はどこへ去ったのか」とショーペンハウエルに倣って思わず問いたくなる作品、作家もこの三〇年間に急増した。

ガルシア・マルケスやバルガス・ジョサの功績によってラテンアメリカ文学が世界現代文

学に合流するとともに、ラテンアメリカの作家たちも、今や日本や欧米の作家たちと同じ状況に直面していると言えるだろう。読者から忘れられまいとすれば早く次の作品を発表せざるをえないが、といって、焦って完成度の低い作品を出してしまえば、一時凌ぎにはなっても、やがては読者から見捨てられ、早晩創作も行き詰まる。現代のスペイン語圏でも、この悪循環を断ち切って大作に取り組むのは容易ではない。

他方、文学教育の定着や文学賞の拡充、出版作業の効率化によって文学の制度化が進むとともに、かつてのロベルト・アルルトやファン・カルロス・オネッティ、アウグスト・モンテローソのように、文学とまったく無縁な仕事をこなしながら、長い下積みを経た末にどこからともなく文壇に現れる「独学の作家」も激減した。セルヒオ・ラミレスやカステジャーノス・モヤのように、革命や戦争といった激動の歴史を生き抜いてきた作家も少なくなり、文体や形式といった技術的側面が洗練されていく反面、小説作品からラテンアメリカ文学の「泥臭さ」や「生々しさ」は失われつつある。『2666』の第五部に描かれたアルチンボルディのような叩き上げ作家のサクセス・ストーリーは、ボラーニョ亡きいま、ラテンアメリカでも二度と繰り返されることはないのかもしれない。

いま振り返れば、ブームの時代のように、比較的短期間に優れた小説が多く発表され、しかも、鑑識眼の鋭い読者が質の高い小説を支えるという状況は、歴史的に見ても稀有な偶然であり、再びこのような時代が繰り返されることは望むべくもない。ボラーニョ・フィーバーが沈静化した現在も、さまざまな作家たちが政治問題や歴史的事件から個人的な問題まで、さまざまなテーマで小説を書き続けているが、三〇年後に彼らの作品が読まれ続けているかは定かでないし、今後再びブームの高みに到達する作家が現れるかどうかも定かではない。『百年の孤独』や『族長の秋』、『アルテミオ・クルスの死』や『ラ・カテドラルでの対話』といった傑作を先に読んだ読者の多くは、ボラーニョも含め、ここ二〇年ほどのラテンアメリカ小説がどこか物足りないという印象を拭《ぬぐ》えずにいる。

だが、悲観的にばかりなることはないだろう。二〇〇九年には、それまでマリオ・コンデ警部を主人公とした推理小説を創作の中心としていたキューバのレオナルド・パドゥーラ(一九五五〜)が、フィクションを織り交ぜながらトロツキーの暗殺者ラモン・メルカデールの生涯を再現した大作『犬を愛した男』を発表して、スペイン語圏の読者を驚愕させた。また、二〇一一年の『名声』では多くのファンを失望させたファン・ガブリエル・バスケスは、『廃虚の形』において自らと完全に重なるコロンビア人作家を語り手に据えて、コロンビア現代史の汚点として残る二つの事件、ラファエル・ウリベ・ウリベ暗殺(一九一四)とホルヘ・エリエセル・ガイタン暗殺(一九四八)の真相を追究し、凄惨な暴力に貫かれた祖国の歴史に思いを巡らせた。いずれの作品も、ミシェル・ウェルベックの『地図と領土』(二〇一〇)やローラン・ビネの『HHhH プラハ、1942』(二〇一〇)といった、日本でも話題になったヨーロッパ現代小説の傑作と比較して遜色《そんしょく》ないどころか、スケールや迫力という点では両者を凌ぐとすら言えるかもしれない。

こうした動向を見れば、文学市場に駄作があふれ返る事態が日々明らかになってはいるものの、今後も、たとえ数年に一作というペースではあれ、ラテンアメリカ文学から読み応えのある小説が生み出されていくことに期待をかけない理由はない。

あとがき

コルタサル生誕一〇〇年にあたった二〇一四年、ガルシア・マルケス死去の直後から約一年にわたって大学のサバティカルでスペインのマドリードに滞在した私は、「ラテンアメリカ文学のブーム」の生き証人とも言うべき大御所作家、ホルヘ・エドワーズやファンチョ・アルマス・マルセロらと毎週のように食事の席をともにすることになり、そのうえ、二〇一一年に東京で知り合っていたマリオ・バルガス・ジョサと再会する幸運にも恵まれた。

また、スペインから何度かラテンアメリカへ足を運び、セルヒオ・ラミレスやファン・ビジョーロ、セサル・アイラやアラン・ポールズといった多様な傾向の作家たちともじっくり話をすることができた。彼らの興味深い話に耳を傾けながら、スペイン語圏で次々と出版されるラテンアメリカ文学関係の伝記や回想録、研究書に目を通し、並行して新世代の小説作品を読み進めるにつれて、ブームの時代から現在にいたるラテンアメリカ小説の流れを自分なりに一冊の本にまとめてみたいという思いが私の内側に募っていった。

日本に目を向ければ、二〇一〇年前後から、積極的に文化活動を展開するセルバンテス文化センター東京、経済危機にもかかわらず翻訳助成金を捻出《ねんしゅつ》し続けるスペイン文化省、そして、赤字覚悟で外国文学の出版に臨む中小出版社、その他いくつもの機関の尽力が重なって、ラテンアメリカ文学の翻訳は急速に進んでいる。そのなかには、フエンテスの『澄みわたる大地』や『テラ・ノストラ』、エドワーズの『ペルソナ・ノン・グラータ』、ファン・カルロス・オネッティの『屍集めのフンタ』、ギジェルモ・カブレラ・インファンテの『TTT』、ホセ・ドノソの『別荘』など、ラテンアメリカ文学のブームを語るうえで欠かすことのできない作品や、ロベルト・ボラーニョの『2666』、オラシオ・カステジャーノス・モヤの『崩壊』、ファン・ガブリエル・バスケスの『コスタグアナ秘史』など、新世紀の文学を代表する小説も多く含まれている。いわゆる「文学史本」の執筆に向けて、機は熟しつつあったのだ。

二〇一五年四月、一年ぶりに大学へ戻り、たまっていた郵便物を受け取ると、一番上に、二週間ほど前に届いたらしい中央公論新社からの手紙が乗っていた。開封すると、ラテンアメリカ小説に関する中公新書の執筆依頼であり、まさに渡りに船、私はこの企画におおいに興味をひかれた。私の目的は、作品の紹介や作家の基本情報を並べて初心者向けの文学案内を作ることではなく、具体的な作品に即して約一〇〇年にわたるラテンアメリカ小説の流れを捉え、初心者から専門家まで、幅広い読者層に読み応えのある議論を打ち出すことにあったが、幸いその点でも編集者と意見の一致を見た。

喜び勇んで取り組んでみると、期待どおりやりがいのある仕事であり、『パラディソ』など、これまで何度かはねかえされてきた難解な作品もこの機に最後まで読み通すことができた。「新書」という形態を考慮してもっとも悩んだのは、「何を書くか」ではなく、「何を書かないか」、その判断だった。読者によっては、本書を読んで、ここがもっと知りたい、あそこが足りない、そんな感想を抱くこともあるかもしれないが、それが困難な取捨選択の結果であることをどうかご理解願いたい。本書で書きつくせなかった部分に関しては、今後いっそう研究を深め、場を改めて発表することになるだろう。

貴重な情報をくれたスペイン語圏の文学関係者たち、いつも有益な示唆をくれる東京大学大学院の浜田和範君と日本学術振興会研究員の山辺弦君、担当編集者の上林達也さん、その他本書の執筆に間接・直接に協力してくれたすべての方々にこの場を借りてお礼を申し上げる。

二〇一六年八月三日

寺尾隆吉

関連年表

年	主要事項	作品	主要作家
1881		マシャード・デ・アシス（ブラジル）『ブラス・クーバスの死後の回想』	
1898	グアテマラでエストラーダ・カブレラ独裁政権成立（～1920年）。		
1899	コロンビアで千日戦争が始まる（～1901年）。		●ホルヘ・ルイス・ボルヘス――
1903	コロンビアからパナマが独立。		
1910	メキシコ革命勃発。		
1915		アスエラ（メキシコ）『虐げられし人々』	
1925	キューバでマチャード独裁政権が始まる（～33年）。		
1926		リベラ（コロンビア）『渦』、グイラルデス（アルゼンチン）『ドン・セグンド・ソンブラ』、アルルト（アルゼンチン）『怒りの玩具』	

1928	コロンビアのシエナガでユナイテッド・フルーツ社による労働者の虐殺が起こる。	ヂ・アンドラーヂ（ブラジル）『マクナイーマ』
1929		ガジェゴス（ベネズエラ）『ドニャ・バルバラ』、グスマン（メキシコ）『領袖の影』
1930	アルゼンチンの「忌まわしい十年」が始まる。	アストゥリアス（グアテマラ）『グアテマラ伝説集』
1932	ボリビアとパラグアイの間で国境紛争が勃発し、チャコ戦争が始まる（〜35年）。	
1936	スペイン内戦勃発（〜39年）。	
1939	スペインでフランコ独裁体制が始まる（〜75年）。	
1940		ビオイ・カサーレス（アルゼンチン）『モレルの発明』
1944		ボルヘス（アルゼンチン）『伝奇集』
1946	アルゼンチンでフアン・ドミンゴ・ペロン政権成立（〜55年）。	
1948	ベネズエラでロムロ・ガジェゴスが大統領に就任（数ヵ月で政権は崩壊）。	

ホルヘ・ルイス・ボルヘス

ガブリエル・ガルシア・マルケス

マリオ・バルガス・ジョサ

関連年表

1949	コロンビアで大統領候補ホルヘ・エリエセル・ガイタンが暗殺され、ボゴタ動乱が起こる。	カルペンティエール（キューバ）『この世の王国』
1952	キューバでバティスタ独裁政権が始まる（〜59年）。	
1953		カルペンティエール『失われた足跡』
1955		ルルフォ（メキシコ）『ペドロ・パラモ』
1956		コルタサル（アルゼンチン）『遊戯の終わり』
1958		フエンテス（メキシコ）『澄みわたる大地』
1959	キューバ革命勃発。	コルタサル『秘密の武器』
1961		オネッティ（ウルグアイ）『造船所』
1962	キューバ危機。	
1963		バルガス・ジョサ（ペルー）『都会と犬ども』、コルタサル『石蹴り遊び』

ロベルト・ボラーニョ

1966		バルガス・ジョサ『緑の家』、レサマ・リマ（キューバ）『パラディソ』
1967	チェ・ゲバラがボリビアで戦死。	ガルシア・マルケス（コロンビア）『百年の孤独』、カブレラ・インファンテ『TTT』
1968	パリ五月革命。メキシコのトラテロルコで学生運動の弾圧が起こる。ペルーでベラスコ・アルバラードによるクーデターが勃発、軍部が政権を掌握する（～75年）。	
1970	チリでサルバドール・アジェンデが大統領に就任（～73年）。	ドノソ（チリ）『夜のみだらな鳥』
1971	キューバでパディーリャ事件が起こる。	
1973	アルゼンチンでペロンが大統領に返り咲く（～75年）。チリでアウグスト・ピノチェト将軍によるクーデターが勃発、軍事政権が始まる（～90年）。	エドワーズ（チリ）『ペルソナ・ノン・グラータ』
1974		カルペンティエール『方法異説』、ロア・バストス（パラグアイ）『至高の我』
1975		ガルシア・マルケス『族長の秋』

ホルヘ・ルイス・ボルヘス

ガブリエル・ガルシア・マルケス

マリオ・バルガス・ジョサ

ロベルト・ボラーニョ

フアン・ガブリエル・バスケス

1976	アルゼンチンでクーデターが勃発し、軍事評議会が政権を掌握する（〜83年）。	
1977	新パナマ運河条約が締結され、99年のパナマ運河返還が決まる。	
1978		ドノソ『別荘』
1979	ニカラグアでサンディニスタ革命政権成立。	
1981		バルガス・ジョサ『世界終末戦争』
1982	メキシコで累積債務危機勃発、ラテンアメリカ各国に波及する。フォークランド紛争勃発。	アジェンデ（チリ）『精霊たちの家』
1983		サエール（アルゼンチン）『孤児』
1987		デル・パソ（メキシコ）『帝国の動向』
1990	ペルーの大統領選挙でバルガス・ジョサがフジモリに敗れる。	
1994	北米自由貿易協定が発効。	
1996		セプルベダ（チリ）『カモメに飛ぶことを教えた猫』
1998		ボラーニョ（チリ）『野生の探偵たち』

1999	ベネズエラでチャベス政権が発足（〜2013年）。	
2000	メキシコでPRIの一党支配体制が崩れ、PAN政権が成立。	
2002		ガルシア・マルケス『生きて、語り伝える』
2004		ボラーニョ『2666』
2007		バスケス（コロンビア）『コスタグアナ秘史』
2008	カストロがキューバ革命政府の指導部を引退。	
2009		パドゥーラ（キューバ）『犬を愛した男』
2015	キューバとアメリカ合衆国の国交が回復。	バスケス『廃虚の形』
2016	カストロが死去。	

●――ガブリエル・ガルシア・マルケス――

――マリオ・バルガス・ジョサ――

●ロベルト・ボラーニョ――

――フアン・ガブリエル・バスケス――

Espasa Calpe, 1991.
Villoro, Juan. *De eso se trata: ensayos literarios*. Barcelona: Anagrama, 2008.

■写真出典
アフロ：カルペンティエール、アジェンデ、ボラーニョ（第6章扉）
Agencia EFE／アフロ：ガルシア・マルケス
Album／アフロ：作家たち（第4章扉）、ドノソ
AP／アフロ：オクタビオ・パス、フエンテス
Everett Collection／アフロ：メキシコ革命（第3章扉）、コルタサル
Interfoto／アフロ：バルガス・ジョサ
Picture Alliance／アフロ：ゲバラとカストロ（第1章扉）
代表撮影／ロイター／アフロ：フアン・ゴイティソーロ（第5章扉）
読売新聞社：ボルヘス

Fuentes, Carlos. *La gran novela latinoamericana*. Madrid: Alfaguara, 2011.
García M., Eligio. *Son así: reportaje a nueve escritores latinoamericanos*. Bogotá: Oveja Negra, 1982.
García Márquez, Gabriel. *Obra periodística: de Europa y América*, Bogotá: Norma, 1997.
García Márquez, Gabriel. *Por la libre. Obra periodística 4 1974–1995*, Barcelona : Random House, 2002
Harss, Luis. *Los nuestros*. Madrid: Alfaguara, 2012.
Herralde, Jorge. *Para Roberto Bolaño*. Buenos Aires: Adriana Hidalgo, 2005.
Herralde, Jorge. *El optimismo de la voluntad: experiencias editoriales en América Latina.* México: Fondo de Cultura Económica, 2009.
Leñero, Vicente. *De cuerpo entero*. México: UNAM, 1992.
Martin, Gerald. *Gabriel García Márquez: una vida*. New York: Vintage Español, 2009.
Mendoza, Plinio Apuleyo. *Gabo: cartas y recuerdos*. Barcelona: B, 2013.
Menton, Seymour. *La nueva novela histórica de la América Latina 1979–1992*. México: Fondo de Cultura Económica, 1993.
Moreno-Durán, R.H. *De la barbarie a la imaginación*. Bogotá: Ariel, 1995.
Padilla, Heberto. *La mala memoria*. Barcelona: Plaza & Janés, 1989.
Paz, Octavio. *México en la obra de Octavio Paz 6*. Segunda Edición. México: Fondo de Cultura Económica, 1989.
Piglia, Ricardo. *Crítica y ficción*. Barcelona: Penguin Random House Group, 2014.
Plimpton, George. (Ed.) *Writers at Work*. Sixth Series. New York: Viking, 1984.
Rama, Ángel. *La novela en América Latina: panoramas 1920–1980*. Santiago de Chile: Universidad Alberto Hurtado, 2008.
Ramírez, Sergio. *La manzana de oro: ensayos sobre literatura*. Madrid: Iberoamericana, 2012.
Rodríguez Monegal, Emir. *Narradores de esta América* (dos tomos). Caracas: Alfadil, 1992.
Sabato, Ernesto. *Obras: ensayos*. Buenos Aires: Losada, 1970.
Saer, Juan José. *El concepto de ficción*. Buenos Aires: Ariel, 1997.
Vargas Llosa, Mario. *La verdad de las mentiras*. Madrid: Alfaguara, 2002.
Vargas Llosa, Mario. *Obras completas VI Ensayos literarios I*. Barcelona: Círculo de Lectores, 2006.
Vargas Llosa, Mario. *Diccionario del amante de América Latina*. Barcelona: Paidós, 2006.
Villanueva, Darío, José María Viña Liste. *Trayectoria de la novela hispanoamericana actual: del "realismo mágico" a los años ochenta*. Madrid:

フアン・ガブリエル・バスケス
『コスタグアナ秘史』久野量一訳（水声社、2016年）
『物が落ちる音』柳原孝敦訳（松籟社、2016年）
フェルナンド・バジェホ
『崖っぷち』久野量一訳（松籟社、2011年）
オラシオ・カステジャーノス・モヤ
『崩壊』寺尾隆吉訳（現代企画室、2009年）

■主要欧文文献（本書執筆のため参照した書籍のうち重要なもの）
Anderson Imbert, Enrique. *El realismo mágico y otros ensayos.* Caracas: Monte Ávila, 1992.
Armas Marcelo, J.J. *Vargas Llosa: el vicio de escribir.* Barcelona: Random House Mondadori, 2008.
Ayén, Xavi. *Aquellos años del boom: García Márquez, Vargas Llosa y el grupo de amigos que lo cambiaron todo.* Barcelona: RBA, 2014.
Barral, Carlos. *Memorias*. Barcelona: Penísula, 2011.
Bolaño, Roberto (Edición de Ignacio Echevarría). *Entre paréntesis: ensayos, artículos y discursos (1998-2003)*. Barcelona: Anagrama, 2004.
Borges, Jorge Luis. *Miscelánea.* Barcelona: Penguin Random House Group, 2011.
Cabrera Infante, Guillermo. *Vidas para leerlas*. Madrid: Alfaguara, 1998.
Carballo, Emmanuel. *Protagonistas de la literatura mexicana*. Tercera edición aumentada. México: Ermitaño, 1989.
Cardoza y Aragón, Luis. *Miguel Ángel Asturias: casi novela.* México: Era, 1991.
Carpentier, Alejo. *Razón de ser*. La Habana: Letras Cubanas, 1984.
Carpentier, Alejo (Edición de Virgilio López Lemus). *Entrevistas*. La Habana: Letras Cubanas, 1985.
Collazos, Oscar, Julio Cortázar, Mario Vargas Llosa. *Literatura en la Revolución y revolución en la literatura. Segunda edición*. México: Siglo XXI, 1979.
Cortázar, Julio (Edición de Aurora Bernárdez y Carles Álvarez Garriga). *Cartas* (5 tomos). Madrid: Alfaguara, 2012.
Donoso, José. *Historia personal del "boom"*. Madrid: Alfaguara, 1999.
Donoso, Pilar. *Correr el tupido velo*. Madrid: Alfaguara, 2009.
Fuentes, Carlos. *La nueva novela hispanoamericana*. Sexta edición. México: Joaquín Mortiz, 1990.
Fuentes, Carlos. *Valiente mundo nuevo: épica, utopía y mito en la novela hispanoamericana*. México: Fondo de Cultura Económica, 1990.
Fuentes, Carlos. *Geografía de la novela*. México: Fondo de Cultura Económica, 1993.

『リタ・ヘイワースの背信』内田吉彦訳（国書刊行会、2012年）
『赤い唇』野谷文昭訳（集英社文庫、1994年）
『蜘蛛女のキス』野谷文昭訳（集英社文庫、2011年）
セルヒオ・ラミレス
『ただ影だけ』寺尾隆吉訳（水声社、2013年）
レイナルド・アレナス
『夜明け前のセレスティーノ』安藤哲行訳（国書刊行会、2002年）
『めくるめく世界』鼓直ほか訳（国書刊行会、1989年）
『夜になるまえに』安藤哲行訳（国書刊行会、2001年）
トマス・エロイ・マルティネス
『サンタ・エビータ』旦敬介訳（文藝春秋、1997年）
イサベル・アジェンデ
『精霊たちの家』木村榮一訳（国書刊行会、1994年）
パウロ・コエーリョ
『アルケミスト』山川紘矢ほか訳（角川文庫、1997年）
『ヴァルキリーズ』山川紘矢ほか訳（角川書店、2013年）
『ピエドラ川のほとりで私は泣いた』山川紘矢ほか訳（角川文庫、2000年）
ルイス・セプルベダ
『ラブ・ストーリーを読む老人』旦敬介訳（新潮社、1998年）
『カモメに飛ぶことを教えた猫』河野万里子訳（白水Uブックス、2005年）
ラウラ・エスキベル
『赤い薔薇ソースの伝説』西村英一郎訳（世界文化社、1993年）
アルフレド・ブライス・エチェニケ
『幾たびもペドロ』野谷文昭訳（集英社、1983年）
アベル・ポッセ
『楽園の犬』鬼塚哲郎訳（現代企画室、1992年）
フアン・ホセ・サエール
『孤児』寺尾隆吉訳（水声社、2013年）
リカルド・ピグリア
『人工呼吸』大西亮訳（水声社、2015年）
セサル・アイラ
『文学会議』柳原孝敦訳（新潮クレスト・ブックス、2015年）
ロベルト・ボラーニョ
『アメリカ大陸のナチ文学』野谷文昭訳（白水社、2015年）
『はるかな星』斎藤文子訳（白水社、2015年）
『通話』松本健二訳（白水社、2014年）
『野生の探偵たち』（上下巻）柳原孝敦ほか訳（白水社、2010年）
『2666』野谷文昭ほか訳（白水社、2012年）

『緑の家』（上下巻）木村榮一訳（岩波文庫、2010年）
『ラ・カテドラルでの対話』桑名一博ほか訳（集英社、1984年）
『世界終末戦争』旦敬介訳（新潮社、2010年）
『チボの狂宴』八重樫克彦ほか訳（作品社、2010年）
『嘘から出たまこと』寺尾隆吉訳（現代企画室、2010年）
『水を得た魚』寺尾隆吉訳（水声社、2016年）
アウグスト・ロア・バストス
『汝、人の子よ』吉田秀太郎訳（集英社、1984年）
エレナ・ガーロ
『未来の記憶』冨士祥子ほか訳（現代企画室、2001年）
フアン・カルロス・オネッティ
『井戸』（『はかない人生』、「ハコボと他者」とともに収録）杉山晃訳（集英社、1984年）
『はかない人生』鼓直訳（集英社文庫、1995年）
『屍集めのフンタ』寺尾隆吉訳（現代企画室、2011年）
マヌエル・ムヒカ・ライネス
『ボマルツォ公の回想』土岐恒二ほか訳（集英社、1984年）
ガブリエル・ガルシア・マルケス
『落葉』高見英一訳（新潮社、2007年）
『ママ・グランデの葬儀』（『大佐に手紙は来ない』も収録）高見英一ほか訳（集英社文庫、1982年）
『悪い時』高見英一訳（新潮社、1982年）
『百年の孤独』鼓直訳（新潮社、2006年）
『族長の秋』鼓直訳（集英社文庫、2011年）
『迷宮の将軍』木村榮一訳（新潮社、2007年）
『生きて、語り伝える』旦敬介訳（新潮社、2009年）
ギジェルモ・カブレラ・インファンテ
『TTT』寺尾隆吉訳（現代企画室、2014年）
ホセ・ドノソ
『境界なき土地』寺尾隆吉訳（水声社、2013年）
『夜のみだらな鳥』鼓直訳（集英社、1984年）
『ラテンアメリカ文学のブーム』内田吉彦訳（東海大学出版会、1983年）
『別荘』寺尾隆吉訳（現代企画室、2014年）
『ロリア侯爵夫人の失踪』寺尾隆吉訳（水声社、2015年）
『隣りの庭』野谷文昭ほか訳（現代企画室、1996年）
ホルヘ・エドワーズ
『ペルソナ・ノン・グラータ』松本健二訳（現代企画室、2013年）
マヌエル・プイグ

『伝奇集』鼓直訳（岩波文庫、1993年）
『エル・アレフ』木村榮一訳（平凡社ライブラリー、2005年）
『創造者』鼓直訳（岩波文庫、2009年）
『砂の本』篠田一士訳（集英社文庫、2011年）

アドルフォ・ビオイ・カサーレス

『モレルの発明』清水徹ほか訳（書肆風の薔薇〔現・水声社〕、1990年）
『脱獄計画』鼓直ほか訳（現代企画室、1993年）
『メモリアス』大西亮訳（現代企画室、2010年）
『日向で眠れ』（『豚の戦記』とともに収録）高見英一ほか訳（集英社、1983年）

フリオ・コルタサル

『対岸』寺尾隆吉訳（水声社、2014年）
『動物寓話集』寺尾隆吉訳（光文社古典新訳文庫、2018年）
『遊戯の終わり』木村榮一訳（岩波文庫、2012年）
『秘密の武器』木村榮一訳（岩波文庫、2012年）
『石蹴り遊び』土岐恒二訳（集英社文庫、1995年）
『すべての火は火』木村榮一訳（水声社、1993年）
『八面体』寺尾隆吉訳（水声社、2014年）
『通りすがりの男』木村榮一ほか訳（現代企画室、1993年）

オクタビオ・パス

『孤独の迷宮』高山智博ほか訳（法政大学出版局、1982年）

フアン・ルルフォ

『燃える平原』杉山晃訳（書肆風の薔薇〔現・水声社〕、1990年）
『ペドロ・パラモ』杉山晃ほか訳（岩波文庫、1992年）

カルロス・フエンテス

『澄みわたる大地』寺尾隆吉訳（現代企画室、2012年）
『アルテミオ・クルスの死』木村榮一訳（新潮社、1985年）
『アウラ』（『フエンテス短編集　アウラ・純な魂他四篇』所収）木村榮一訳（岩波文庫、1995年）
『脱皮』内田吉彦訳（集英社、1984年）
『聖域』木村榮一訳（国書刊行会、1978年）
『テラ・ノストラ』本田誠二訳（水声社、2016年）
『遠い家族』堀内研二訳（現代企画室、1992年）
『老いぼれグリンゴ』安藤哲行訳（集英社文庫、1994年）
『埋められた鏡』古賀林幸訳（中央公論社、1996年）
『ガラスの国境』寺尾隆吉訳（水声社、2015年）

マリオ・バルガス・ジョサ（リョサ）

『都会と犬ども』杉山晃訳（新潮社、2010年）

参考文献

■邦訳書籍リスト（本書で言及された作品のうち、邦訳のあるものを記した。原則として作家は登場順に並べてある）

ホルヘ・イサークス

『マリア』堀アキラ訳（武田出版、1998年）

マシャード・デ・アシス

『ブラス・クーバスの死後の回想』伊藤奈希砂ほか訳（国際語学社、2012年）

『ドン・カズムーロ』伊藤奈希砂ほか訳（彩流社、2002年）

マリオ・ヂ・アンドラーヂ

『マクナイーマ—つかみどころのない英雄』福嶋伸洋訳（松籟社、2013年）

マリアノ・アスエラ

『虐げられし人々』（『全集・現代世界文学の発見第九巻　第三世界からの証言』所収）高見英一訳（学芸書林、1970年）

ジョルジェ・アマード

『カカオ』田所清克訳（彩流社、2001年）

ホルヘ・イカサ

『ワシプンゴ』伊藤武好訳（朝日新聞社、1974年）

ミゲル・アンヘル・アストゥリアス

『グアテマラ伝説集』牛島信明訳（岩波文庫、2009年）

『大統領閣下』内田吉彦訳（集英社、1984年）

『緑の法王』（上下巻）鼓直訳（日本共産党中央委員会文化部、1967・1968年）

アレホ・カルペンティエール

『エクエ・ヤンバ・オー』平田渡訳（関西大学出版部、2002年）

『時との戦い』鼓直訳（国書刊行会、1977年）

『この世の王国』木村榮一ほか訳（水声社、1992年）

『失われた足跡』牛島信明訳（岩波文庫、2014年）

『追跡』杉浦勉訳（水声社、1993年）

『光の世紀』杉浦勉訳（書肆風の薔薇〔現・水声社〕、1990年）

『方法異説』寺尾隆吉訳（水声社、2016年）

『ハープと影』牛島信明訳（新潮社、1984年）

ロベルト・アルルト

『怒りの玩具』寺尾隆吉訳（現代企画室、2015年）

ホルヘ・ルイス・ボルヘス

『汚辱の世界史』中村健二訳（岩波文庫、2012年）

寺尾隆吉（てらお・りゅうきち）

1971年，愛知県生まれ．東京大学大学院総合文化研究科博士課程修了（学術博士）．メキシコのコレヒオ・デ・メヒコ大学院大学，コロンビアのカロ・イ・クエルボ研究所とアンデス大学，ベネズエラのロス・アンデス大学メリダ校などで6年間にわたって文学研究に従事．フェリス女学院大学国際交流学部教授を経て，早稲田大学社会科学部教授．専攻は，現代ラテンアメリカ文学．

著書『フィクションと証言の間で』（松籟社，2007年）
『魔術的リアリズム』（水声社，2012年）
『100人の作家で知る　ラテンアメリカ文学ガイドブック』（勉誠出版，2020年）
『ラテンアメリカ文学の出版文化史』（勉誠出版，2024年）

訳書　カルロス・フエンテス『澄みわたる大地』（現代企画室，2012年）
ホセ・ドノソ『別荘』（現代企画室，2014年）
コルタサル『奪われた家／天国の扉』（光文社古典新訳文庫，2018年）
レオナルド・パドゥーラ『犬を愛した男』（水声社，2019年）
マリオ・バルガス・ジョサ『ガルシア・マルケス論』（水声社，2022年）など多数

ラテンアメリカ文学入門
中公新書 *2404*

2016年10月25日初版
2024年 7 月15日再版

著　者　寺尾隆吉
発行者　安部順一

本文印刷　暁　印　刷
カバー印刷　大熊整美堂
製　　本　小泉製本

発行所　中央公論新社
〒100-8152
東京都千代田区大手町1-7-1
電話　販売　03-5299-1730
　　　編集　03-5299-1830
URL https://www.chuko.co.jp/

Published by CHUOKORON-SHINSHA, INC.
Printed in Japan　ISBN978-4-12-102404-6 C1298

中公新書

言語・文学・エッセイ

- 2756 言語の本質 今井むつみ 秋田喜美
- 433 日本語の個性（改版） 外山滋比古
- 533 日本の方言地図 徳川宗賢編
- 2740 日本語の発音はどう変わってきたか 釘貫亨
- 2493 日本語を翻訳するということ 牧野成一
- 500 漢字百話 白川静
- 2213 漢字再入門 阿辻哲次
- 1755 部首のはなし 阿辻哲次
- 2534 漢字の字形 落合淳思
- 2430 謎の漢字 笹原宏之
- 2363 外国語を学ぶための言語学の考え方 黒田龍之助
- 2808 広東語の世界 飯田真紀
- 1833 ラテン語の世界 小林標
- 1971 英語の歴史 寺澤盾
- 2407 英単語の世界 寺澤盾
- 1533 英語達人列伝 斎藤兆史
- 2738 英語達人列伝Ⅱ 斎藤兆史
- 1701 英語達人塾 斎藤兆史
- 2628 英文法再入門 澤井康佑
- 2684 中学英語「再」入門 澤井康佑
- 2637 英語の読み方 北村一真
- 2797 英語の読み方 リスニング篇 北村一真
- 2775 英語の発音と綴り 大名力
- 352 日本の名作 小田切進
- 2556 日本近代文学入門 堀啓子
- 2609 現代日本を読む―ノンフィクションの名作・問題作 武田徹
- 563 幼い子の文学 瀬田貞二
- 2156 源氏物語の結婚 工藤重矩
- 2585 徒然草 川平敏文
- 1798 ギリシア神話 西村賀子
- 2382 シェイクスピア 河合祥一郎
- 275 マザー・グースの唄 平野敬一
- 2716 カラー版 絵画で読む『失われた時を求めて』 吉川一義
- 2404 ラテンアメリカ文学入門 寺尾隆吉
- 1790 批評理論入門 廣野由美子
- 2641 小説読解入門 廣野由美子
- 2812 サンスクリット入門 赤松明彦